KILMORE COVE

INSTITUTE OF PHARMACEUTICAL CHEMISTRY

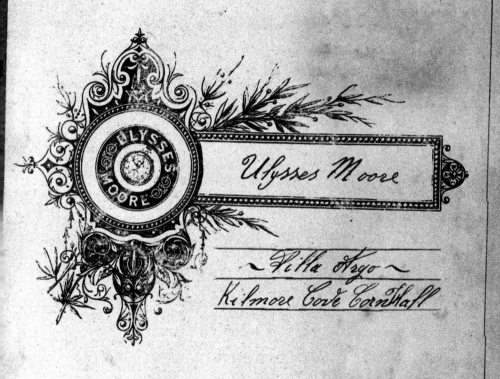

Ulysses Moore

~ *Villa Argo* ~
Kilmore Cove Cornwall

尤利西斯·摩尔
推理冒险系列

ULYSSES   MOORE

10 冰雪王国

[意] 帕多文尼高·巴卡拉里奥/著　顾志翱/译

中国出版集团　现代出版社

版权登记号：01-2018-8330

图书在版编目（CIP）数据

冰雪王国 /（意）帕多文尼高·巴卡拉里奥著；顾志翔译 . —北京：现代出版社，2019.3（2021.6重印）

（尤利西斯·摩尔推理冒险系列）

ISBN 978-7-5143-7540-4

Ⅰ. ①冰… Ⅱ. ①帕… ②顾… Ⅲ. ①儿童小说－长篇小说－意大利－现代 Ⅳ. ① I546.84

中国版本图书馆 CIP 数据核字（2018）第 276667 号

冰雪王国

作　　者	[意] 帕多文尼高·巴卡拉里奥
译　　者	顾志翔
责任编辑	邸中兴
出版发行	现代出版社
通信地址	北京市安定门外安华里 504 号
邮政编码	100011
电　　话	010-64267325　64245264（传真）
网　　址	www.1980xd.com
电子邮箱	xiandai@vip.sina.com
印　　刷	永清县晔盛亚胶印有限公司
用　　纸	660mm×900mm　1/16
印　　张	14
字　　数	175 千
版　　次	2019 年 3 月第 1 版　2021 年 6 月第 2 次印刷
书　　号	ISBN 978-7-5143-7540-4
定　　价	39.80 元

目 录

第一章
流浪者

眼望去，这里只有无边无际的大海，远处的地平线灰蒙蒙的，如同刀片一般冰冷，海水有节奏地上下晃动着……

突然，某样白色的东西打破了这种单调的平静，是一只海鸥。伴随着一阵长啸，它折起翅膀，一头扎进了水里，抓住了一条银光闪闪的小鱼。蓝灰色的天空一片寂静，一道道微弱的光线透过厚厚的云层照射下来，像是穿过了教堂的窗户一样。托马索·拉涅利·斯特拉姆比这才意识到自己并不是站在第三者的角度看着这幅画面，而是身处其中。

他的身体浸泡在冰冷的灰色海水里，并且伴随着海浪上下晃动着。

男孩又一次听到了一声长啸，距离更远了，那只海鸥嘴里叼着一条鱼正加速拍动着翅膀离去。突然，他眼前的画面如同一块开裂的冰块一

样分崩离析。

托马索再次被海水淹没。

天空被深绿色的海水所遮挡，各种各样大大小小的衣服和杂物正慢慢向下沉。

男孩被冰冷的海水冻得有些僵硬，他向上望去，只见有一些东西仍然漂浮在海面上，书本，一个行李箱，一把转椅，一张小桌子，随着男孩一点点沉下去，这些东西显得越来越小。

在距离他几米远的地方，一条鱼也在慢慢向下，不，也许这不是鱼，因为没有鱼会那么大，看上去像是……一架钢琴？在海里？

回忆如同一阵阵电流一样逐渐涌上了脑海。托马索的眼前突然出现了卡利普索书店里那喷涌而出的海水的画面，而前一刻他还在徒劳地试图说服弗林特兄弟不要用鲸鱼钥匙打开那扇门。

男孩开始努力挥动双臂，一下，两下，他的身体终于向着水面的方向上浮了半米，头顶上的那些漂浮物不再变小。

男孩又挥动了一下手臂，这次还加上了双腿的配合，动作从一开始的僵硬，渐渐转为流畅，他急需新鲜空气。

这时他的眼前又出现了突如其来的大水将他整个人翻转着抬离地面的画面，不仅如此，他还想起了自己并非唯一一个被大水冲走的人，和他一起被冲走的还有弗林特兄弟，以及那个在前台工作的女孩，她叫什么来着？在尤利西斯·摩尔的书里好像没有提到过她的名字。

随着他慢慢上浮，透过海水照到男孩身上的光线越来越多，但是他仍然无法感知到阳光的温暖，与此同时，他的肺部犹如火烧一般疼痛，双眼通红。

他怎么会来到海里的？

目前来说他只能自己猜测：是那个巨浪将他和那些漂浮在他头上的

物品一起冲到基穆尔科夫的街上。随着他渐渐上浮，男孩认出了一些沙滩边小酒吧里的物品：桌子、椅子以及遮阳伞。另外还有一些奇怪的东西：几把雨伞，一项礼帽，两个床头柜，一盏灯，一些家具和几个轮胎。

伴随着一声低吼，托马索·拉涅利·斯特拉姆比的脑袋终于从水中探了出来，他张大嘴巴，贪婪地呼吸着新鲜空气，然后张开双手双脚，向着阳光任由自己的身体漂浮在水面上。在确信自己仍然活着之后，他满意地笑了笑。

男孩四下张望，发现四周除了海水之外什么都没有，没有海岸，没有岛屿，连一艘小船都找不到，不过在距离他几米远的地方漂浮着一个皮质行李箱，随着海面上下晃动。

男孩觉得这个箱子似曾相识，他只记得在被大水冲走的那一瞬间自己似乎一直紧紧地抓着一件坚固而柔软的东西，这才让他免于受到冲击，并且得以浮在水上。

他向着这个可能救过他性命的行李箱游过去，这才注意到这个箱子几乎和他人一样大，男孩爬上了行李箱，就这样漂在水面上。

"太可怕了。"托马索心想，他一边看着海面上浮着的各种物品的残骸，一边尝试着判断海岸的方向：很显然，海水越是脏，漂浮物越是多的地方离海岸越近。他又试着猜测现在的时间，但是却苦于没有任何依据而只得作罢。

于是他只能自己在脑海里将这几天发生的事情重新梳理一遍，他想到了自己的父母，想到了威尼斯，不知道他们现在该有多担心，然后他想到了安妮塔，不知道女孩此刻在比利牛斯山脉的哪个角落，最后他又想到了茉莉娅·科文德，杰森的妹妹可比他原本预计的高了不少。

这时一个衣架慢慢从男孩的行李箱边漂了过去，他捡了起来，用来当桨使用，男孩开始尝试向着他认为的海岸方向划去。

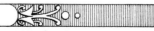

　　不过他很快发现相较于在威尼斯的运河里划船，在开阔的海域划船可累多了，他只要一停下划动，立刻便会被水流带回原来的地方。

　　他的耳边时不时会传来有东西跳进海里的声音，以至于男孩甚至怀疑先前他认为是钢琴的那个物体会不会是某个海洋生物。一条鲸鱼？或是一条鲨鱼？

　　"这片海域根本就没有鲨鱼。"男孩自言自语说。但是随即他又想起了基穆尔科夫的灯塔守护员好像就是在这里附近被鲨鱼攻击的。

　　男孩甩了甩自己那头沾满泥土的头发，重新弯腰开始划动起来。

　　过了大约十分钟左右，最多不超过十五分钟，男孩已经筋疲力尽了，他的脑袋直发涨，耳朵里嗡嗡直响。手里的"桨"一下子掉进了海里，任凭他如何努力，仍然没能够再捞起来，因为他的身体已经不听使唤了。

　　男孩就这样趴在行李箱上，紧紧地抱着他的救命稻草："就一会儿，我就休息一会儿……"

　　渐渐地他失去了知觉，而他身下的那个黑色行李箱也随着水流慢慢漂向远方。

第二章

风之子

十二条腿沿着基穆尔科夫的海岸道路飞速奔跑着，在下游，洪水混合着泥土席卷了小镇上的一切，从老城区喷涌而出，将一条条街道变成了河流。

洪水少说有两米多高，不断冲洗着立在中心广场上的威廉五世雕像的双脚。另一侧，几乎所有面向着大海的房子都没有能够幸免于难，海滩边的那个小酒馆更是整个被冲走了，所有的桌子、椅子和大部分门廊都消失得无影无踪。在海湾边，随处可见倾覆的渔船，断裂的绳索，破损的渔网以及漂浮着的各式各样的物品。

六个人一言不发，眼睛紧紧盯着发生的一切，用尽所有的力气飞奔着。

跑在最前面的是杰森·科文德，他的一头长发毫无发型可言，几天来的奔波使得他的衣服上沾满了各种污渍，但是他的双眼却炯炯有神，动作上丝毫看不出任何犹豫，如同一名颇有经验的猎手一般。

来自威尼斯的女孩安妮塔·布鲁姆紧跟在他的身后，一头乌黑的长发随风飘动，瞪大的双眼里充满了恐惧。

女孩的身后是杰森的妹妹茱莉娅，尽管几天来一直受着高烧的困扰而身体虚弱却有着十分坚实的步伐，另一个就是瑞克·班纳了，有着一头红色的头发，如同运动员一般的体格，此时也是一脸难以置信的表情。

跑在最后的是两个有些奇怪的中年男子，看上去更像是被迫跑这么快的模样，两天前，两人还身穿着体面的西服，搭配着锃亮的皮鞋，干净的脸庞散发着须后水的独特香味。

而此时此刻，金色头发的那位（看上去他对于跑得比另一人快还有些得意的样子）脸颊上胡子拉碴，裤腿在膝盖的部位已经彻底撕烂，同时鞋子的鞋底也已经不见了，而另一个头发略卷的男人（跑起来有些一瘸一拐），他的那套定制西装的右手袖子已经没有了，头顶上的那些头发被风吹得一根根如同拔丝地瓜一样堆在一起。

在路边，沿着山崖攀爬生长的灌木丛被海风吹得沙沙作响，在众人渐渐跑近小镇之后，隆隆的洪水声越发震耳欲聋，同时夹杂着居民的求救声。

当孩子们来到最后的一个拐角处时，茱莉娅突然停下了脚步。"伙伴们！停一停！等一下！"她喘着气说。

女孩靠在路边生长的一棵树上，大口喘着气。在她的身后，沿着山丘生长的杜鹃花有着与山崖底下拍打在峭壁上的海浪同样的颜色。

"到底怎么了？我们马上就要到了！"杰森有些泄气地喊道，同时不情愿地放慢了脚步。

茱莉娅并没有直接回答，而是一屁股坐在了地上，将头埋到了双膝之间。"我的天哪……"她气喘吁吁地说道，"我感觉自己都快要爆炸了！"

"可是我们才跑过了没几个弯道啊！"女孩的哥哥抱怨说。

"话是没错，可我这不才大病初愈嘛！"说着，她又开始咳嗽起来。

杰森的眼神里有些失望，又有些犹豫。

其余人这时都围到了茱莉娅的身边，等待着看她是否还能够继续。

"嘿！你们听到了吗？"这时瑞克问道。

远处传来了一阵钟声，越来越重，越来越急，似乎在提示着某种危险。

"是圣·雅各布教堂那里传来的……"杰森自言自语说，然后急切地拍着手说，"快点！我们得过去看看发生了什么事！"

不过卷发男子这时却做出了暂停的手势，然后指着茱莉娅说："冷静一下，小伙子，我同意你妹妹的提议，我们可以先休息一分钟。"

杰森眯起眼睛看着他，尽管现在他们可能已经成为了同伴，但是不管怎么说他们不久之前还一直效力于燃烧者俱乐部，所以还需要时间才能确认。最后他无奈地摊了摊手。

教堂的钟声频率越来越快，街道上的水流声丝毫没有减弱的迹象。

"我没办法留在这里就这样等着……也许有人需要帮助。"杰森说着走到了沥青路的中间，"我们一会儿在教堂见吧，茱莉娅，你可以晚些再过来。"

女孩用自己的咳嗽声做了回答。

瑞克四下看了看，似乎不确定自己该怎么办，一方面他很想尽快赶到镇上，看看自己的母亲是否安好，另一方面他看了看茱莉娅，想着自己不能就这样丢下她不管。马路的右侧有一条小路，边上立着一块手写

的牌子，指示这条路通向蜂鸟巷，也就是鲍文医生的家。"也许我可以去叫医生来……"

茱莉娅看了他一眼。"我可不需要什么医生，"她咳嗽着说，"我只需要……休息一下喘口气，而且我想现在医生应该去镇上了。"

"也许他还不知道这里发生的一切。"瑞克说，"这也是为什么菲尼克斯神父敲响了召集的钟声！"

茱莉娅又开始咳嗽起来。

"反正我们在这里休息，"瑞克说，"我过去叫一下他也不费什么事儿。"接着他转向正在犹豫中的两个前燃烧者俱乐部成员以及安妮塔说："你们先去吧，我们随后就到。"

安妮塔立刻向着杰森离开的方向跑去，而瑞克和一脸不情愿的茱莉娅开始向着医生家的方向走去。

剩下的两个燃烧者相互交换了一个有些不安的眼神。

"现在我们该听谁的？"黄毛问道。

"理论上来说我们的老板可能就在下面的大水里……"卷毛回答说。

"没错，要是让他知道我们的所作所为的话……"

"还有我们还没有做的事情……"

两人沉默地停留在原地，四周的杜鹃花在风的吹拂下有节奏地摇曳着。

"对啊，要是他问我们为什么会将车停在伦敦机场，然后坐飞机去了图卢兹之后又出现在这里的话，我们该怎么回答？"

卷毛用力地挠了挠头："嗯……看来我们得找一个比较可信的解释，但以目前的状况看来似乎不是很容易的样子。"

"每次背诵的时候，我都试图忘掉已经记住的部分，这样才比较有代入感。"黄毛强调说。

卷毛好像突然想起了什么，说："等等，等等……这句话是谁说的

来着？我好像记得！是一个演员？"

黄毛微微一笑，然后向小镇的方向走去。

"是不是一个导演？还是一个作曲家？或是一位爵士乐手？"他的同伴在身后一瘸一拐地跟着。

不一会儿，他们来到了通向基穆尔科夫道路的阶梯口，在阶梯的底部见到了三个人影，从头到脚几乎都覆盖着泥土：其中一个人紧紧抱着一根路灯，而另两人则抱着一张卡在路障上的铁床的床头板。

"看看，看看这是谁……"黄毛望着泥土里的三个人影说道，"要是我没认错的话，这不是我们上次在这里见到的三个小混混吗？"

"我想起来了！"卷毛根本没有理会黄毛的话，"这句话是诺贝尔奖文学奖获得者达里奥·福说的。"

黄毛有些兴奋地摇了摇头。"是莎士比亚说的，"他说道，"他可没有获得过诺贝尔文学奖。"

第三章

有人在拖后腿

内斯特一瘸一拐地来到了阿尔戈山庄的院子里，他的腿从未像现在这样疼痛过，但是此时他似乎完全不在意：因为有更令他感到震惊的事情。

而这并非是小镇上发生的一切，造成洪水的原因以及洪水所造成的后果并未让他感到太困惑。老者没有看一眼那持续不断灌入大海的水流，而是一路穿过树林，来到了崖顶。

他有些机械地走进了自己的小木屋，来到了桌子边，桌子上放着他妻子留下的信，老者弯下腰，再次读了一遍，他的脸上依然是一副难以置信的表情。

"还活着？"几年以来他定期给一个本不应该存在的坟墓献上鲜花，

并且说服自己相信他的妻子已经失踪并且死亡了……但这一切其实从未被证实过！

内斯特不自觉地用手捂住了嘴，这一突然的发现大大出乎了他的意料。珀涅罗珀那晚并没有摔下悬崖，而是在向菲尼克斯神父忏悔之后乘坐着彼得的热气球下到了阿尔戈山庄的地底深渊里。

那两个人都知道这件事，可是为什么没人告诉他呢？

有人……并不是很赞同你的想法，也许有些人是反对你的。

多年之前的那个夏天，珀涅罗珀怀疑所有的当事人中也许出现了叛徒而这样对他说过。但那究竟会是谁呢？

"为什么没有人告诉我？为什么？"

不过内斯特自己的内心里是有答案的。

他找了把椅子坐了下来，他的那部黑色手机突然在他身后响了起来，不过老者对此置若罔闻。

"你已经不相信我了，我才是拖我们计划后腿的那个人。"

老园丁从口袋里掏出了四把钥匙：他在孩子们去镇上之前向他们要来的。

"我得确认一件事情。"他当时是这么说的，虽然这不是真的，因为他唯一想做的就是打开阿尔戈山庄的时空之门去寻找珀涅罗珀的踪迹。

他将四把钥匙平放在自己的面前：蝾螈、猫头鹰、大象和箭猪。多年之前，他和他的父亲就是拿着这些钥匙穿越到了 1751 年的威尼斯。

只不过那不是真正历史上的 1751 年的威尼斯，那个威尼斯存在于现今的时空之外，是一颗永恒的、不变的明珠，它不会随着时间而发展，也没有那些粗鲁的游客，嘈杂的快艇以及漂浮在运河上的那些肮脏的塑料袋。

那是一个完美的威尼斯，就如同基穆尔科夫是康沃尔的一个完美的

小镇一样。对于那些缺乏勇气和智慧的人来说，这两个地方是永远都不可能到达的。

在那个威尼斯，尤利西斯·摩尔爱上了一个完美的女人，并最终娶了她，将她带回了这里。两人没有孩子，却游历了世界上各个神奇的地方，并将各种各样不可思议的物品装满了阿尔戈山庄，他们无数次穿过时空之门，有时两个人，有时和伙伴们一起。那些原本是尤利西斯的伙伴，但是很快也成为了珀涅罗珀的好朋友：不屈不挠的伦纳德，冲动的布莱克，天才彼得还有其他人。这些人在阿尔戈山庄的大厅里重新组成了虚幻旅行者俱乐部，而这个俱乐部正是尤利西斯的外公在多年之前于伦敦关闭掉的。

"虚幻之旅并不是所有人都能够拥有的。"每当众人聚会来决定下一个旅行目的地的时候，珀涅罗珀总爱这样说。而事实也正是如此，并不是所有的伙伴都像他们一样坚持追寻梦想一直到最后：其中一部分人决定长大成人，担起自己的社会责任，而不再沉迷于探索时空之门另一边的那些奇迹，其中就包括了管理着小镇教堂的菲尼克斯神父以及结婚生子和照顾小猫的比格斯姐妹，克里奥帕查和赫利斯坦内斯查两人。

所有的记忆伴随着强烈的思念之痛在内斯特的眼前——呈现。老园丁拿出放有其他钥匙的盒子，将其放在孩子们的钥匙边上，手指轻轻滑过所有的钥匙，他回想起了失去妻子的那个晚上。

彼得刚出发去威尼斯没多久，布莱克就已经离开了，为了将此时此刻出现在桌子上的这个盒子永远藏起来。

伦纳德和尤利西斯一如既往地争论着同一个话题：伦纳德希望能够继续使用时空之门来探索另一边的世界，而尤利西斯则希望永远终结这件事情，在一旁的珀涅罗珀的声音似乎并没有被两人听到。

内斯特用双手紧紧抱住了自己的脑袋。"太笨了，你实在是太笨

了……"他自言自语说，"你永远也学不会去倾听她的声音，这下你终于失去了她。"

这一段最后见到妻子的回忆如同一记重拳一样狠狠打在老人的脸上。

那天下着暴雨，珀涅罗珀穿着一件外套就走出了阿尔戈山庄的厨房。冰冷的雨水不停击打着地面，闪电不时会划破夜空。

内斯特并没有跟着她，而是喝了一杯白兰地在家里等着妻子回来。也许他会道歉，因为刚才说话的声音确实很大，他完全无法理解为什么妻子一再站在伦纳德的一边，只不过过了许久，珀涅罗珀都没有回家。

最终内斯特再也坐不住了，他走出厨房，喊起了妻子的名字，一次又一次，但是他的耳边只有雨滴落地的声音。他开始着急，不停地打电话给朋友们。"你们见到过珀涅罗珀吗？""她来过你这里吗？""她去过你家吗，鲍文？"

没有。

没有。

还是没有。

虽然时间已经很晚了，但内斯特仍然没有放弃寻找。雨水淋在身上让他感到背脊发凉，整个公园看上去如同是一幅凡·高的画作一般。珀涅罗珀到底去了哪里？三轮摩托车仍然在车库里，自行车也停在那儿，院子的大门是关着的，阿尔戈山庄顶上阁楼的百叶窗是暗着的。剩下的只有……

悬崖边的阶梯了。

内斯特闭上了双眼，他清楚地记得珀涅罗珀出门时穿着的那件外套挂在一块凸出的岩石上被风吹得唰唰作响。

由于下雨的缘故，悬崖边的阶梯又湿又滑，内斯特小跑着向下，数次差点摔倒，他不停呼喊着珀涅罗珀的名字，但是回答他的只有隆隆的

海浪声。

　　那晚内斯特没有找到妻子，而第二天，鲍文医生在礁石上发现了血渍。

　　老园丁突然抬起头来。"有人不赞同你的想法。"他自言自语说道，随即走出了小木屋。

第四章

泥潭沼泽

一切都是如此突如其来。

在洪流开始渐渐退去之后，圣·雅各布教堂门前的广场很快变成了一个忙碌的泥潭，人们踩踏着满地的泥浆匆忙奔走。洪水从老城区那里喷涌而出，并且很快经由书店和邮局门口的小广场四周的道路扩散开，整个教堂左边受灾严重，洪水冲击溅起的水花几乎已经达到房顶的高度，在教堂的阻挡下，水流改变方向之后向着主路流去，同时洪水也带来了大量的泥土、海藻，甚至是活蹦乱跳的鱼儿。

房屋的墙壁上如同被一支巨大的毛笔划过一样留下一道深深的痕迹。

花瓶、百叶窗以及所有二楼以下没有被固定住的东西全都被冲走了。

杰森和安妮塔停下脚步，诧异地看着眼前的景象。

教堂的大门对着一片沼泽敞开着，污浊的水流缓缓流向大海，残缺的纸张、花瓶的碎片以及不明用途的木块漂浮在水面上。房子的门上、墙上，阳台上，到处都是书本的残骸。

"跟我来。"杰森突然开口说，同时沿着广场较高的一侧走向教堂。

安妮塔一言不发，紧随其后。远处传来各种嘈杂的声音，喊叫声、抱怨声，门窗用力关上的声音，汽车喇叭声以及轮胎在泥坑里空转的声音。而即便是在广场上地势最高的地方，积水仍然能够漫过脚踝，有些地方甚至能到膝盖处。

安妮塔有些担心地回头望了一眼，希望能够在沼泽里穿梭的人群中找到爸爸和托马索的面孔。

很快，两人在费劲地穿过最后一片积水之后走进了教堂。一些妇女已经在里面开始用高粱扫把往外扫积水了。菲尼克斯神父站在讲台上不停地对着人群呼喊着："快点去诊所！我们已经在那里摆放了床铺！"

伤员中有些人扶着胳膊，有些人捂着额头，一些伤势比较重的居民则躺在长凳上。呻吟声掺杂着抱怨声充斥在耳边。

没有人明白到底发生了什么事：大约二十分钟之前，不知道从哪里突然冒出了一股洪水，然后就冲走了一切。

"有什么需要我们帮忙的吗？"杰森在神父注意到他之后问道。

"有很多事要做！你们可以帮我挪开那几张桌子，或者去诊所看一下床位够不够，再不然也可以去镇上看看还有没有其他人被困在泥里！随便你们做什么都可以！"

说完，菲尼克斯神父卷起自己长袍的袖子，轻而易举地将第一排的桌子搬到了两侧。

安妮塔和杰森决定去老城区看看能不能帮上忙，那里也是洪水喷涌

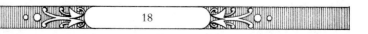

而出的起源地。两人沿着小路小心翼翼地走着以避免滑倒，直到听见不远处的喊叫声。说实话那个声音很尖，非常容易辨识。

孩子们跨过水上漂浮着的各种垃圾，来到了一个小院子里，再里面是比格斯女士的老木屋。

洪水的冲击之下这里当然也没能幸免于难：巨大的路灯如同一根被折断的火柴一样，而二楼阳台外的栏杆早已不知去向，一楼的窗户几乎完全破损，客厅和厨房里的积水慢慢向外流出，将锅碗瓢盆都带了出来，原本屋子里的那张印花大沙发此时被卡在街道的拐角处。

比格斯女士扒在屋顶上，用尽全力呼救着，在她的四周趴着一圈猫咪，同样喵喵地叫个不停。

杰森用尽全力叫喊女士的名字，想让她冷静下来，但是一切似乎都是徒劳的，女士根本就没有在听他说话。

"又是大水！又是大水！"她绝望地抽泣着，然后擤了擤鼻子，开始慢慢沿着屋顶滑向窗框。两三只猫咪跟随着她在瓦片上跳来跳去，一边不停地嗅着四周的气味，"我的众神啊，屋大维，快回到我这里来！马可·奥莱利，不行！你们就待在我的身边！"

"比格斯女士，我现在就来帮您！"杰森再次说道，"已经结束了，大水已经退去了！"

"可是我的房子也全毁了！"女士再次哭泣起来。

事实正如她所说，一楼除了一些贴得到处都是的书本残页之外所剩无几。

屋顶上，一些瓦片发出开裂的声音，听得人胆战心惊。

"别动，比格斯女士！"杰森喊道，"我马上过来！"

在底楼的泥浆里行走确实十分费劲，不过好在两人最终手拉着手沿着楼梯来到了二楼，杰森顺着二楼的窗户爬上了屋顶。在一群猫咪的抗

议声中，杰森尽力说服比格斯女士来自己这边。犹豫了几分钟之后，老妇人最终同意回到自己的家中。

"多亏了你，小伙子。"老妇人在杰森的帮助下爬进了窗户然后走下楼梯，"我原本以为这次洪水会把我们所有人都冲走。"

"您说的是'这次'吗，女士？"杰森为了帮她重新爬进来而弄得满头大汗。

"哦，是的！你还年轻，不知道此前已经发生过一次了！简直就是一模一样：前一秒钟还一切安好，紧接着下一秒……突如其来的大水就冲走了一切！"

三人慢慢走出了屋子，外面的阳光有些昏昏沉沉。那些猫咪警惕地跟在他们的身后，身上、头上、耳朵上都沾满了污泥。

"这边走，比格斯女士……"杰森和安妮塔向着诊所出发。

"哦，天哪！我那张漂亮的沙发！"

"不要担心，我们之后会来弄好的！"尽管只是安慰性的话，女孩还是为自己撒的谎脸微微一红。

就这样，三人一路像是三只鸭子一样行走在淤泥里，时不时会因为路面太滑而失去平衡。终于他们来到了诊所附近，在这里已经聚集了许多人，头上一块摇摇欲坠的牌子上写着：红丝带动物诊所。

不过这里恐怕是唯一一处比较宽敞的伤员容身之处了。

"您确定这事在之前已经发生过了？"安妮塔一边陪着老妇人走向入口，一边问道。

"哦，是的，虽然已经过去好久了，"比格斯女士跟在女孩身后回忆说，"不过上次并没有涌出那么多水……而且那天是周日，是周日的晚上，人们直到第二天才意识到发生了什么，虽然我和我的猫咪们早就注意到了，但是没人听我们的！"说着，她指着面对街道的一幢房子补充道，"你们看到那里了吗？那天汤普森先生吃完早餐出来的时候根本没有注意到他的两脚之间有鱼在游泳！"

"鱼？"

"这么大的鱼！"比格斯女士张开双臂比画着。

"当心，比格斯女士！"杰森赶紧搀住快要跌倒的老妇人说。正在这时，他突然有了一个想法，于是男孩伸手沾了一点地上的水，然后将手指放到嘴唇上。

"天哪！"他喊道，"是咸的！"

第五章
基穆尔科夫的医生

鲍文医生家外面的木栅栏是天蓝色的，瑞克和茱莉娅按了门铃之后等了几分钟，这才注意到栅栏的门是虚掩着的，两人推开门走了进去，经过了几个稻草人之后来到了屋子前敲了敲门。

"一会儿医生的妻子开门之后一定会让我们换上拖鞋的……"茱莉娅想起了上次他们来医生家里时的情景说。

但是并没有人出来开门。

"也许他们不在家。"瑞克猜测道。

两人又敲了几下门。

"也许你说得对，"茱莉娅赞同道，"可能医生已经去镇上了。"

"说不定是她的妻子陪着他一起去的。"

两人向后退了几步，茱莉娅抬头看了一眼二楼的窗户，在窗帘的后面似乎有一个黑影，看上去好像是一个身穿黑衣的人站在那里望着窗外。女孩被吓了一跳。

"等等……"她一边说着，一边回到了大门前。

她用手推了一下大门，发现是开着的。

"鲍文医生？"女孩探头向里喊道，"艾德娜女士？"

鲍文医生家里的装饰和她记忆中的一模一样：白得发亮的墙壁，地板也是被擦得一尘不染，整个屋子都收拾得井井有条，也正因为如此，一排从门口一直延伸到屋内的泥脚印显得格外显眼。

"你看到了吗？"茱莉娅有些难以置信地问道。

"怎么可能看不到？"

"这实在是太不寻常了，肯定不是他们留下的，你也知道他们是非常爱干净的！"

"是的，但这外面刚发生洪灾，"男孩说道，"所以留下这些脚印……嘿，你想干什么呀？"

女孩迅速脱掉了鞋子走进了屋子里。

"你不能这样！"瑞克仍然留在门外喊道，"这里不是你的家！"

"我就进去看一下！"茱莉娅头也不回地说，"而且也许我是在帮鲍文夫妇呢？说不定有个贼趁他们不在家的时候闯了进来！"

"啊，你要是这样说的话我也没什么好说的了！而且如果真的有贼进来的话，你打算怎么办？"

"哦，瑞克，你从什么时候开始变得那么烦人了？以前的你可不是这样的！"

瑞克一下子无语了。"真是受不了你们科文德兄妹俩。"他憋了半天之后说道，同时脱下鞋子跟着女孩进入了房间。

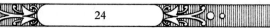

两人随着脚印，绕过了鲍文夫妇家那些审美奇特的家具：绘有小花图案的木椅子，水晶台面搭配铝边框的桌子，天花板角落里如同蘑菇一般凸出的射灯，以及医生那把奥地利折叠椅。

在来到楼梯边上之后，那些脚印似乎显得有些凌乱，一部分沿着楼梯向上或是向下，另一些则通向了地下室的门口。

"现在怎么办？"茱莉娅问。

"出门之后和其他人在教堂会合！"瑞克回答说，

"这样的话我就能知道我的妈妈是否没事了，而且……你去哪里？"

茱莉娅示意男孩安静，并且踮着脚尖沿着楼梯向上走去。男孩无奈地摇了摇头，跟在她的身后。

在来到距离二楼还有两个楼梯的地方，两人悄悄躲到墙后，瞥向过道。

"太可怕了。"瑞克说道。

"什么太可怕？你是说这条放满天使像的过道还是说底下传来的声音？"

"都可怕。"红发男孩说道。

鲍文医生家的二楼和底楼一样有着一种冷冰冰的感觉，只有墙上挂着的一排木制天使像还能给人带来些许温暖，一阵缓慢但是清晰的呼噜声从某个房间里传了出来。

那些泥泞的脚印正是通向那个房间里然后再从里面出来的。

"我去看一下。"茱莉娅说完，也不等瑞克反对，便背贴着右侧墙壁慢慢向前走去。

男孩跟上后说道："我们得想个理由来解释一下为什么一个闯进别人家里的贼会……睡在别人的房间里！"

"不管进来的那个人是谁，"茱莉娅指着地上的脚印说，"他还是这

么做了。"

"你说得没错，但是除了鲍文医生之外，我实在想不出还有谁会这样做……"

茱莉娅不再辩解什么，而是直接来到了呼噜声传出的那个房间门口。"他上楼之后，来到了这个房间……然后又下楼去了。"女孩看着地板上的脚印自言自语说。

紧接着她又注意到在门把手上也有一些泥垢，女孩看了一眼来到她身边的瑞克，似乎在等着男孩做些什么。

"怎么了？"男孩问道。

"开门。"

瑞克本想再说些什么，但是他抬头看了看天空，便将手掌放在了把手上，并缓缓压下。门并没有完全关上，而只是虚掩着，在铰链上顺畅地滑开。

"哦，天哪。"

"您……您在做什么？"

艾德娜·鲍文女士平躺在床上，半躲在一台复杂仪器的后面。女士的脸上戴着一个罩子一样的东西，将她的呼吸声放大，她的身上穿着一件居家服，袖子卷起，手臂上绑着一些纱布，并插着许多管子，一直连接到那台仪器上。

茱莉娅用了好几秒钟才缓过神来，她看着瑞克，然后指了指挂在窗后，靠近窗户的一件黑色长袍，显然这件衣服的主人另有其人。

正在这时，传来了一记如同关门一样的声响，一阵风吹得长袍摆动起来。躺在床上的艾德娜女士发出了一阵呻吟。

瑞克立刻拉了一下茱莉娅，示意她赶紧离开这里。两人迅速走下楼梯，在他们刚到底楼的时候，就看到一个男人站在大门口，身穿一件长

风衣，头上戴着的一顶深色帽子完全遮住了他的脸。他一只手拿着两个孩子的鞋，另一只手上拿着一把长刀。

对于这突如其来的陌生人，茱莉娅立刻尖叫起来，同时立刻想要停下脚步，但是她的鞋子却在地上打滑，让她在光滑的木地板上滑起来。幸好瑞克反应迅速，他一只手抓住楼梯的扶手，并用另一只手一把抓住女孩，将她拉向自己。

"嘿！"门口的那个男人喊道，"你们在这里干什么？"

瑞克被吓得头都不敢抬起，赶紧推着茱莉娅向着反方向的地下室门口跑去，紧接着他们打开门之后沿着楼梯向下逃跑。

"那个男人是谁？"茱莉娅气喘吁吁地问道。

两人两步并作一步，在黑暗中不停向下。

"我也不知道！"瑞克回答说，"但是我可不想现在去问他。"

这时地下室里出现了一丝微弱的光线：瑞克看到地板上并排摆放着几个盒子，对面的墙上放着几瓶喝了一半的红酒，而屋顶的地方悬挂着一些腊肠，在正对着孩子们的另一侧，一扇门打开着。

地下室的四周都是厚厚的石墙，地上到处都是泥泞的脚印。

"从那里走！"茱莉娅说着跑向那扇门，也许从这里可以去到停车场，或是另一个房间，反正只要能够出去……

"你们两个给我站住！"身穿深色长袍的男子下到了楼梯的一半，并扔掉了手里的刀，"你们别……"

男人也许还有许多话要说，但这些都无法阻止两个孩子，他们立刻跑到了对面的门口并且走了进去。直到两人跨过门槛的时候他们才意识到了错误：这扇门显得非常厚重，看起来像是特别加固过的，如果只是通往车库的话，有必要放一扇特地加固过的门吗？

所以……这扇门到底是通向哪里的呢？

　　"是你们自己要进去的！"身后的这个男人一边喊着，一边将双手放在门上用力推。

　　瑞克停下了脚步，四下张望了一下，然后转过身来。

　　"鲍文医生？"他有些难以置信地自言自语道。

　　就在门即将合上的那一刹那，男孩看到了被地下室那微弱光线照亮的医生的脸，随着门的关上而渐渐隐去。

　　"现在你们就留在这里吧！"医生的咆哮声最后留在了房间里。

　　两人就这样被困在了一个小房间里。

地下室

鮑文家

第六章

雇主

"我认识你们……"小弗林特眨着眼睛说道。

他的目光最终聚焦在了一个发型凌乱的脑袋上，然后是另一个一头黄发的脑袋。

"你们是……那两个开着 1997 年产的阿斯顿马丁 DB7 的人。"

"确切点说是 1994 年产的，小伙子，不管怎么样，你说得没错，是我们。"

男孩慢慢站起身来，这才意识到自己的后背传来了一阵强烈的刺痛。"哦！"他不禁喊出声来，"这……到底是怎么回事？"

"这也正是我们想要问你的问题。"黄毛回答说。

"是我们刚才把你从那个路灯上救下来的。"卷毛补充道。

　　小弗林特用手轻轻敲打着自己的背脊，虽然他浑身冰凉，不过似乎脊椎没有受到什么伤害。

　　"痛死啦！"距离他几步远的地方有人喊道，"痛死我啦！"

　　"别动，你这个笨蛋！"另一个声音说道，"只是轻微的划伤而已！"

　　"不是，断了！我已经感觉不到了！"

　　"没有断！只不过被你的肚子压在下面时间久了之后麻木了而已！"

　　小弗林特透过两个大人的腿中间看过去，只见距离他不远的地方，矗立着两个泥人（其中一个体型略微大一些），整个腰部以下都没入到一个棕色的泥潭中，毫无疑问，这两人就是他的两个哥哥。

　　"看上去他们好像都没有什么大碍……"卷毛笑着说，"你怎么样？自己能动吗？"

　　"应该可以，谢谢。"

　　"你还记得你们是怎么会到这里来的吗？"

　　小弗林特从自己的身上拿开了名为《小女人成长记》的书页，说道："我当然记得，我们当时正在书店里帮你们做事。"

　　两名男子相互交换了一个疑惑的眼神："帮我们做事？"

　　"不是你们让我们去跟踪科文德兄妹的吗，我们就照做了啊，而且我们还发现……"小男孩摸了摸自己的口袋，"哦，糟糕！我给弄丢了。"

　　"把什么给弄丢了？"

　　"什么什么给弄丢了？就是鲸鱼钥匙呀！"

　　剪刀兄弟满脸狐疑：显然他们并不明白男孩在说些什么。

　　"好吧，你们稍微耐心点，我会把所有情况说明一遍，但是在此之前，你们得告诉我你们把那辆阿斯顿马丁停在什么地方了？"

　　"这和阿斯顿马丁有什么关系？"卷毛有些不满地问道。

　　"我可不会忘记我们之间的约定，你们答应过如果我们提供信息的

话，你们会带我去兜风的。"

"啊，是这样吗？"黄毛渐渐开始失去耐心，"那看来你得跟我们一起去一趟伦敦机场了，因为我们把车子停在了那里。"

"而且，"卷毛补充说，"你要是觉得我们会让你这么脏兮兮就上车的话，那就大错特错了！"

小弗林特对于这个答案显然十分失望，他有些不快地看了一眼那两位"雇主"，说："看来你们也好不到哪儿去啊，发生什么事了？你们该不会是开着窗户穿过了一片丛林吧？"

"你挺有幽默感啊，小鬼，"黄毛干干地说道，"既然我们已经把话都说清楚了，你可以告诉我们一下这里到底发生了什么事情吗？"

"你说的是洪水的事？"小弗林特看了一眼四周，然后指着他的二哥说，"是他干的。"

听到这话之后，正在揉着自己膝盖的弗林特老二一下子抬起头来说："不是的，不是我干的！"

"就是你干的！"大弗林特见到有机会推脱，于是立刻附和着说道，"就是你，就是你！"

"让他说完！"卷毛恶狠狠地让两个孩子闭嘴，稍微冷静了一下，换了一种较为镇定的口吻继续问道，"那他到底做了什么呢？"

"那把鲸鱼钥匙！"小弗林特简单地回答说，"他拿着那把钥匙打开了书店后面的门。"

"啊，原来如此，那确实是我做的。"弗林特老二一下子低下了头。

"我刚才就说了嘛！"大弗林特在他的身后阴阳怪气地笑着说，然后像动物一样甩了甩身上的水，并低头看了一眼自己的右手。

两个燃烧者成员挠着自己的脑袋，若有所思。黄毛开口问道："这样吧，如果你们的那个胖子兄弟身体没什么大碍的话，我们可以去看一

下你们所说的那家书店吗？"

三兄弟相互之间交换了一下疑惑的眼神，然后耸了耸肩，终于达成了一致，于是所有人沿着马路向着老城区的方向走去。

"我们见到了你们的头儿了。"小弗林特说。

"你是说沃尼克先生？"卷毛有些吃惊地问道，"他在哪里？"

"就在镇上的风之旅店那里，不久前……哦，糟糕。"

在众人的眼前呈现的是一个已经面目全非的港口以及基穆尔科夫的广场，所有人都停下脚步说不出话来。

小弗林特抬起手，指着那条已经完全被洪水冲断了的海边小路说："就在这里，原本放着桌子和椅子的，而他就坐在这里和镇上的两个居民说着话，而他的车就停在那个地方，就是现在变成水坑的地方……"

两个燃烧者成员顺着男孩指的地方望去，他所说的那家风之旅店现在只剩下了一些建筑物残骸，墙壁已经全部被洪水冲垮，同时四周全部都是淤泥和砖瓦的碎片。原本的那条道路现在已经变成了一个土坡。

"嗯……改变计划，伙计们，"黄毛看着眼前的情景说，"在去书店之前，我觉得我们得先想办法找到我们的老大。"

在他目光所及之处，丝毫没有玛拉留斯·沃尼克以及他的那辆汽车的踪影。

第七章
电话

内斯特正一瘸一拐地走向阿尔戈山庄，这时面向院子的门突然打开了，科文德女士慌慌张张地跑了出来。

"哦，内斯特，幸好你在这里！"

正在这时，电话铃突然响了起来。

"我正打算去镇上看看情况，我的丈夫还没有消息，说实话我很担心。"

"这个电话会不会就是他打来的呢？"老园丁还是和往常一样心直口快。

话音刚落，科文德女士立刻转身跑向电话机，一边嘴里喊着："我这就来。"

在接起电话之后，女士先是听了一会儿，然后回答说："不，我是

科文德女士，我这就把电话给他，他就在我的边上。"

然后女士转向内斯特，并递上了黑色的话筒。

"是找您的。"

"找我？"园丁有些吃惊，"为什么会打电话来这里呢？"

"也许他们没有找到我的先生！"科文德女士摊了摊手说，"我去车库取车，一会儿就麻烦您把所有的门都关上了！"

内斯特弯着腰让女士出门，他能够感觉到口袋里那四把钥匙的重量，当然他也不想把所有的门都关上，相反，他希望打开这些门。老园丁接过了话筒，"喂？"他说道。

"内斯特？"

老园丁只用了一秒钟的时间，就认出了电话那头的那个声音。是鲍文医生，他说话的时候上气不接下气，显得十分紧张。

"你怎么了，医生？"

"什么叫我怎么了？难道你在上面没有看到吗？这里发大水了！"

"啊，是的，那个。"

"你怎么还能那么镇定？我刚和菲尼克斯神父谈过，这里需要帮忙，内斯特，有不少人都受伤了，另外还有二十来个人失踪了，还有……"

"我现在过不去。"内斯特打断他说，这时他另一个耳朵听到了科文德女士发动汽车并开始移动的声音。

"诊所那里我一个人忙不过来。"鲍文医生的口气近乎恳求。

"不是还有红丝带诊所吗？"

"内斯特，拜托……"

"我是说真的，鲍文，"老园丁说完似乎感到有些愧疚，又补充说，"我这里的事情一结束就过去。"

鲍文医生沉默了一会儿，然后说："他们把布莱克带了过来。"

内斯特似乎感到自己的心一下子被揪了起来，"怎么样？"

"他还活着，但也可能已经时日无多了，我想他应该会挺想见一见自己的老朋友。"

内斯特愤怒地握紧了拳头，鲍文医生说的当然没错，因为那个人是布莱克，是自己无数次旅行的好伙伴……

透过窗户，内斯特看到了科文德女士打开了车门并从车里出来。

然后一路走到了厨房的门前。

"内斯特，孩子们就交给您了，可以吗？"女士探头说道，"茱莉娅应该还在房间里，而杰森则幸运地还在学校旅行中！"

"科文德女士，请等我一下！"内斯特跟在女士身后喊道，随即转向话筒说，"我马上就来，到哪里来找你？"

"谢谢，我们临时在动物医院里搭建了病房，如果我不在病床边的话，你可以来楼上我的办公室或者药房找我。"

"五分钟后到。"

内斯特挂上了电话，满脑子惦记着口袋里的那四把钥匙，他努力克制着自己想要重新打开时光之门去寻找珀涅罗珀的念头，一瘸一拐地走到了科文德女士停在门口的汽车边。

"我和您一起去。"老园丁简单地说道。

"那……孩子们呢？"

"他们完全有能力自己照顾好自己，您稍等我一下。"

老园丁走进自己的小木屋，抓起他的打猎背包，并将其他的时光之门钥匙塞了进去。

"在发生了鲸鱼钥匙的意外之后，最好还是别再冒这个风险，万一有哪个熊孩子突然冒出一些奇怪的想法怎么办……"他心想。然后关上了门，来到了院子里。

　　"您把家里的门也关上了吗？"科文德女士等内斯特坐到了副驾驶的位置上之后问道。

　　"我们直接把外面的铁门关上就好了，"老园丁直截了当地回答说，"而且阿尔戈山庄里实际上已经没有什么值钱的东西可以偷的了。"

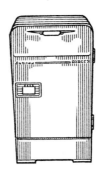

第八章
禁锢

瑞克仔细地在密室的墙壁上摸索着，最后终于找到了灯的开关。

在打开灯之后，男孩环视了一圈，显得有些失望。"这里没有其他出口了，"他自言自语道，"我们这下彻底被困住了。"

茱莉娅摇着头，用手指捋了捋头发。密室里的日光灯发出冷冷的白光，并伴随着嗡嗡声，女孩找到了一把椅子，沮丧地一屁股坐了上去。

从墙壁上的壁画来看，这个密室应该有很长的历史了，只不过近期似乎被重新翻修了一下。房间里有换气系统，并有一个高约十厘米的口子正对着屋子前的草地，但是这个口子已经被一块玻璃板给封住了。

茱莉娅坐在椅子上转了半圈，说："我们到底在什么地方，瑞克？"

男孩的心里也想着同样的问题，他记得医生的木房子是在推倒一座老房子之后建的，原来的房子可以追溯到拿破仑的时代。显然，医生并没有拆除老房子的地基部分，所以像这个地下室就这样被保留了下来。

"鲍文家族在镇上已经有很长的历史了，"他说，"你还记得托斯·鲍文吗？"

茱莉娅点了点头说："我们在埃及冒险时寻找的时光之门地图就是他绘制的，对吗？"

"没错，现在想起来可能这件事并不是一个简单的巧合……"

"什么意思？"

"我们一直以为在小镇上只有我们几个和内斯特的朋友们知道关于时光之门的事情，但如果事实并非如此呢？也许鲍文医生也知道些什么。"

瑞克走到了一块挂在墙上的软木板边，上面贴着上百张黄色的便签纸，纸上密密麻麻地写着一些文字。笔迹工整，如同打印上去的一样。

每一张纸上的文字都分为五行，有些内容加上了一条下画线标注，有些内容则加上了两条下画线。

茱莉娅从椅子上站了起来，来到了小伙伴的身边。

"你的话让我感到有些不寒而栗……"她一边说着，一边用指尖滑过木板上那一张张字条，同时目光也聚焦到了写在上面的文字上，"这里好像写着和基穆尔科夫有关的内容……"

女孩开始仔细查看其他贴着的字条，突然她看见了一个熟悉的名字，下面用笔着重画了两条线。"这里有我的名字，就在这里！"

"是的。"瑞克低声说，"这里也写着我的名字，等等……下面还列出了我从出生开始所得过的所有疾病，包括我骨折过的那些骨头！"

茱莉娅十分吃惊："这里还有我的……学校成绩单，这是怎么回事？"

"这些纸条是关于比格斯姐妹的。"瑞克继续看着其他字条说。

两人很快地浏览了一遍所有的便签纸，其中大部分的内容是关于基穆尔科夫的居民的。看来医生为这上面的每一个人都建立了一个小的档案，内容涉及教育履历、健康状况、爱好和工作等。

当然这些人的共同点就是都在某一个方面引起了医生的兴趣，而他建立的最近的一份档案是关于睡不醒的弗莱德的。

相较于别人而言，关于他的内容似乎有更多的重点，看上去弗莱德好像没有在镇上读过书，在他就职于镇政府部门之前，他也没有过任何工作经验，不过很奇怪，他操作起那台极其复杂的设备来倒是挺顺利的。难道说是因为那台机器是用他表哥工厂里的废旧零件组装而成的？

"看这里，看这里……"瑞克指着最后的那几条备注说，"看来医生确实是知道一些内情的。"

"为什么？这上面写了些什么？"

"睡不醒的弗莱德不可能有主钥匙，待确认，打电话给尤利西斯·摩尔，问阿加缇。"

"这里提到的阿加缇是谁？"

"我想这可能是一个笔误吧，"瑞克回答说，"据我所知阿加缇不是一个人，而是一座隐藏在喜马拉雅山脉里的城市。"

这时，茱莉娅想起了自己好像在尤利西斯·摩尔的笔记本上见到过这个名字，那里应该是和小镇上的某一扇时光之门相连接的，而那扇时光之门对应的应该是龙之钥匙。

"在边上还写了一个单词。"红发男孩继续说道，"医生在'答案'这个词下面画了三条线，也许他期待着在阿加缇能够找到答案……"

"那他打算怎么去那……"茱莉娅突然感到背脊一阵凉意。

"不，"她自言自语地说，"这不会是真的！"

"你们能听见吗？"这时一个声音突然响起，将茱莉娅吓了一跳。

"是的，我们能够听见，是谁在说话？"瑞克一边喊着，一边四下张望，想弄明白这个声音到底从哪里传来。

"放我们出去！"茱莉娅喊道。

"安静！"喇叭里的声音说道，"你们就这样安静地在这里待着，绝对不会有事。"

茱莉娅的手紧紧握住了瑞克的手。

"我不知道你们为什么要进入我的房子，但事情发展到这一步完全是你们自找的，对于别人的事情最好还是不要随便插手。"

"鲍文医生！"这时瑞克大喊道，"是我，瑞克！我想您误会了！"

喇叭里传来了模糊的片言只字。

"我们没有插手别人事情的意思，"男孩继续说道，"我们只是过来找您的！因为茱莉娅得了严重的感冒，而且……镇子上现在已经乱作一团了！"

喇叭里又传来了一些无法理解的声音。

"请帮我们开开门，求您了！"茱莉娅也在一旁帮腔道。

模糊的声音慢慢变得重新清晰起来：

"真是不好意思，但是现在我还不能放你们出来，房间里有一个小冰箱，里面有些常用的药品，如果茱莉娅感到不舒服的话，你就拿些药给她，班纳，如果她觉得冷的话，房间里的温度也是可以调节的，让她多喝药，明白吗？"

"为什么您不愿意放我们出去呢？"

"你们在这里好好的，我保证你们不会有事的。"

瑞克攥紧拳头狠狠地敲了几下厚实的门板："为什么？到底会发生

什么，鲍文医生？"

"我知道，是他们没有征得你们的同意就把你们给卷了进来，不过你们放心地待在这里，我会把你们从这件事里拉出来的。"

"您知不知道究竟发生了些什么！"茱莉娅歇斯底里地大喊道。

瑞克想要让女孩冷静下来，但一切努力都是徒劳的。"您不可能将我们关在这里太久，我们的伙伴们会来救我们的，到时候您得把所有的事情都说清楚！"

"你们的……伙伴们？"喇叭里传来了一阵干笑声，"你所说的'伙伴们'到底是谁呢？是那个在妻子不同意他的计划之后就将妻子推下悬崖的杀人犯吗？还是那个专门走私宝藏的灯塔守护者？又或者是……等等，千万别告诉我你们的'伙伴们'里面还包括那个害得他家人都死在海里的罪人布莱克·沃卡诺？还有那个永远都长不大的小孩子彼得·德多路士，那家伙以为可以像操纵机器一样操纵所有人，并且背叛那些不愿意按照他的意愿行动的人。这些人就是你们口中的'伙伴们'吗？如果是这样的话，那就只好祝你们好运了！真的！"

与喇叭的沟通就这样直截了当地中断了，只留下电流的嗡嗡声慢慢散去。

在日光灯冷冷的光线下，茱莉娅和瑞克紧紧抱在一起。

"他说的都不是真的……"瑞克低声说道。不过医生的话如同一个个楔子一般钉在了他的心头。

杀人犯？

窃贼？

罪人？

叛徒？

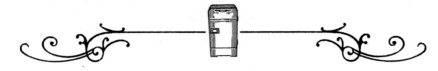

　　这时，一阵脚步声在他们的头上响起，然后是大门关上的声音，发动机的声音，最后是轮胎碾压着鹅卵石的声音渐渐远去。

　　"发生了什么，瑞克？"当四周完全安静下来之后，茉莉娅问道。

　　"我不知道，说实话我现在也有许多疑问。"男孩抚摩着女孩的头发回答说。

　　就在刚刚经过的几个小时里，发生在他们身上的事件不断冲击着他们的想法，如同这场洪水将基穆尔科夫一扫而空一样：燃烧者的头目帮助瑞克和杰森解决了大迷宫门口的谜题，他的两个手下还挽救了他们的性命，大家都以为已经死了的珀涅罗珀看上去仅仅是隐姓埋名了而已，并且留下线索指出在众人之中出现了一个背叛者……最后，似乎这些事情还不够劲爆，基穆尔科夫的医生又突然出现将他们囚禁在了一个地下室中，并说内斯特是一个杀人犯，伦纳德是一个窃贼，彼得是一个长不大的孩子。

　　"我想我们得先想办法从这里出去才行。"瑞克说。

第九章
好人与坏人

安妮塔和杰森将比格斯女士交给了一位临时护士来照顾，显然比格斯女士很快就对她产生了足够的信任，因为她想起来这个女孩之前曾经帮忙照顾过自己的那些猫。因此护士并没有费多大功夫就说服了女士躺到动物医院底楼的一张小床上：比格斯女士头一靠上枕头，便很快昏睡过去。

趁此机会两个孩子很快在房间里转了一圈，寻找着自己的朋友和家人，因为在洪水发生的时候，他们应该还在镇上，这些人包括：安妮塔的爸爸、杰森的爸爸、托马索、布莱克……

但是在人群中，两人并没有看到熟悉的面孔，对于他们来说这或许是一个好消息。

与此同时，他们终于从人群中听到了各种关于发生了什么事情的版本：有人说是发生了水管爆裂，有人说是由于排水渠泄漏引起的，还有人甚至说是地下水突然涌出所造成的，其中被传得比较广泛的版本是说卡利普索的书店和邮局所对面的五月广场上的喷泉突然大爆发，造成了大量的泉水积聚在大街小巷。但是，始终没有人能够确定到底发生了什么。

在两人走在病床之间时，杰森感到有人轻轻碰了一下自己的手，于是他回过头来。"辛迪？"他一下子认出了眼前这张略显浮肿的脸，这个金发女孩正是自己妹妹的好友之一，平时脸上总是挂满笑容，"辛迪，是你吗？"

"是弗林特兄弟……"女孩轻声说道。

"弗林特兄弟？他们干了什么？"

"他们来到了书店……手里拿着一把奇怪的钥匙……"

听到这些之后男孩立刻瞪大了双眼。

"……他们打开了书店后面的那扇门，水……就是从那里涌出来的！"

"书店后面的门……"杰森心里重复了一遍，这样一来所有的事情就很清楚了，原来水是来自那里！

来自卡利普索书店里的时光之门，那辛迪口中所提到的钥匙一定就是鲸鱼钥匙了。可是，弗林特兄弟是怎么得到那把钥匙的呢？

"杰森？"正在这时一个女性的声音在他的身后响了起来，男孩回过头来，正好看见了瑞克的妈妈手里拿着一杯热茶，站在诊所的另一边望着这里。

哦，糟糕。

"我们赶紧离开这里，看到了一个麻烦人物！"他一边对着安妮塔说，一边抓住女孩的手将她拉出了诊所。

"那个人是谁？"当两人来到了附近一所房子的屋檐下并且确认了没人跟踪他们之后，女孩问道。

"是瑞克的妈妈，"杰森四下张望了一下说，"我忘记我们的父母还以为我们在参加学校的郊游活动了。"

安妮塔摇了摇头说："我说的是那个可怜的女孩……辛迪，她刚才好像说那些水是从书店后面的一扇门里涌出来的对吗？这怎么可能呢？"

没错，和瑞克母亲的意外相见几乎让杰森遗忘了这一个重大发现，如果事实正如辛迪所说的那样的话，那么整件事情可能变得更复杂了。

年轻的科文德尽量让自己不要去想弗林特兄弟拿到钥匙之后可能带来的风险（事实上这次的事故已经是最好的证明了），而是在自己的脑海里思考着下一步的对策。

"我们得赶紧回一趟教堂把这件事情告诉其他人。"男孩对着安妮塔严肃地说，"这里发生了太多不寻常的事情……同时我得告诉瑞克他的母亲安然无恙……只不过他可能马上得想一个解释出来了。"

女孩和他对视了一眼，点了点头，可就在两人刚从屋檐下走出来没多远，杰森突然停下了脚步。他看到了鲍文医生和一名药剂师正从街道的另一头快步走向诊所，并努力在湿滑的道路上保持着平衡。

"鲍文医生！"杰森跑过去喊道。

医生抬头朝他看了一眼，但是很快又低下了头继续看着地面，仿佛什么都没有听见一样。

"嘿，鲍文医生！"男孩继续喊道，"是我，杰森！"

医生终于再次抬起头来，男孩从他的眼中看到了一丝担忧和厌烦，这让男孩不由自主地放缓了脚步。

"杰森·科文德？我们有好久没见了吧……"鲍文脸上露出了一个僵硬的笑容。

"您好，"男孩此时距离医生只有几步之遥，于是只能硬着头皮打招呼说，"请问您见到过茉莉娅吗？"

医生的脸色这一刻似乎有些发白。"你是问……你的妹妹？不，没有，为什么问我？我应该看到她吗？"医生有些闪烁其词地回答说。

"她和瑞克应该去您的家里找您了，因为茉莉娅的身体似乎有些不舒服……"

"好吧，可是正如你所见，今天身体不适的人有不少哪！"医生突然之间好像有些不高兴的样子，"而且，如果你不介意的话，我现在得赶去诊所了……"

"可是……医生？"杰森继续说道，"您知道我的父亲还好吗？还有布莱克……"

听到这个名字之后，鲍文医生看上去是真的生气了。"不，不清楚你们这些'好朋友'的情况，可以了吗？"他的眼睛里突然充满了鄙视和不屑，"如果你愿意听我一句的话，最好远离那些特别能带来麻烦的人……看看这些人都搞了些什么！"

说完这些之后，他突然回头，以更快的速度走向了诊所。

这时，刚才目睹了这一幕的安妮塔也走了过来，两人就这样满腹狐疑地目送着医生摇摇晃晃地越走越远，直到消失在街道的拐角处。

"我正等着你呢！"几分钟之后，鲍文医生说道。

内斯特刚到小镇上，此时正坐在医生位于动物诊所楼上的临时办公室里。医生蹑手蹑脚地穿过凌乱的办公室，用手整理了一下自己额头上被汗水粘住的头发。"我刚才去了一趟菲尼克斯那里，想要了解一下失踪的人口！一场灾难，内斯特，简直是一场灾难！"

"布莱克在哪里？"

鲍文很快地在水龙头下洗了洗手，打上肥皂，然后冲洗干净之后用力地将双手在手帕上按压了几下。"让我先缓一口气好吗？你应该也看到了，这里的情况非常混乱，皮考克夫妇还没有找到，不过也有可能他们去泽诺的女儿那里了……"

"你告诉我说布莱克的情况很糟糕。"

"是的，"鲍文有些无力地摇了摇头说，"而且他不是唯一一个情况糟糕的人。"医生朝着房间的另一侧走了几步，然后在书桌对面的椅子上坐了下来，闭上双眼，并用手指轻轻按揉自己的眼皮。

内斯特一言不发地看着他。

"好吧，我们刚才说到……"大约过了几秒钟，医生似乎缓过了神来，他再次整理了一下自己额头前的头发说，"布莱克，对，那个老布莱克·沃卡诺……"医生夸张地用双手撑着自己的膝盖，费力地站起身来，"我们去看看他吧，走。"

老园丁跟着鲍文来到了过道，这里的空气中弥漫着各种刺鼻的和甜蜜的药物气味。"这种环境真是能够让一个健康的人也患病。"内斯特揉了揉鼻子，心想。他低头看着医生那沾满泥土的裤子和鞋子在地上留下了一道深灰色的印记。

"我们不去楼下的诊所吗？"当他看到医生走向另一个方向时问道。

而鲍文根本就没有回答他。

"艾德娜也和你在一起吗？"老园丁一瘸一拐地跟在他的身后继续问道。

这次，鲍文回答说："不，她在家里，可怜的人，她最近一直不太好，我给了她一剂镇定剂并给她插了导管，如果一切顺利的话，她现在应该正安静地躺在床上。"

内斯特知道艾德娜·鲍文一直患有一种不知名的病症，大部分时间

都得在床上度过，同时每天还要服用大量的药物。她的病看上去有点像哮喘，但是却更严重。

"真是可怜。"他心想。不过显然内斯特并不是那种整天喜欢讨论药品、手术、病症的话痨，所以他也仅仅是若有所思地摇了摇头。

"不过这次不像往常了。"医生并未停下脚步。

"你说什么？"

"这次比以往更严重了。"

老园丁不是很清楚鲍文指的到底是什么，他的妻子，还是布莱克，或是指这次的大水，所以他只是一言不发地紧随其后，直到最后医生停在了位于过道尽头的一扇巨大磨砂玻璃门前，门边上挂着一块小木牌，上面写着：档案室。

鲍文掏出了一把钥匙，将其插进锁孔，接着他似乎突然想起了什么，停下了动作，然后回过头来盯着老园丁的双眼，说："内斯特，你有没有考虑过我们做的事情所引发的后果？哪怕只是一个再正常不过的动作，比如说打开一扇门。"

内斯特有些疑惑地看着医生：他在说什么？是有什么言外之意吗？他有些不悦地说："听着，鲍文，你和我……"

"你和我，"医生打断了他的话，"都是在1956年那个荣耀而幸福的年代出生，而且我们同样生活在康沃尔，但是……除了这个之外，我们似乎并没有太多的共同点，不是吗？你有你的生活，我有我的生活。"

"我不明白你说这些话到底是什么意思……"

"那我就和你明说了吧，上次那扇门打开的时候（你很清楚我指的是哪一扇门），淹掉了半个小镇，结果是你和伦纳德从那里面跑了出来。那个周日，你还记得吗？珀涅罗珀将伦纳德带来我这里，让我看看能否保住他的眼睛，而你……你这个老顽固却冒着一辈子腿瘫的风险而置伤

口于不顾也不愿意来我这里。为什么？只因为你不想回答我的问题，不想让我知道你在基穆尔科夫的树林里是怎么会被三叉戟所伤，也不想告诉我伦纳德是怎么会被鲨鱼咬的！"

"鲍文，够了，你说得有些夸张了。"

"是你做的事情太夸张了，就为了守护你那些可笑的秘密。"医生的目光停留了几秒钟，然后再次低下头看着手里的钥匙，并用它打开了档案室的门。

内斯特麻木地跟在他的身后，打开灯，这才见到布莱克·沃卡诺和布鲁姆先生两人躺在担架上，嘴里被塞上了布条。老园丁立刻回过头来说："这到底是怎么回事？"

"没什么，只不过我对你的那些秘密已经感到厌烦了！"

还没等他反应过来，内斯特只感到手臂上被轻轻扎了一下。

医生拔出了注射器，并让老园丁看了一眼里面残留的些许红色液体。"你不用担心，这个药剂可是纯天然的，只会让你睡着而已，要说起来，这东西还是在一个你很喜欢的世界里制造的呢，我不想伤害你们任何人，但是我希望这场闹剧能够终结，永远。"

"鲍文，我……"

内斯特只觉得一阵天旋地转，头晕眼花，他的双脚已经无法支撑自己的重量，身体也无法继续保持平衡，老者的双手在试图抓住什么东西，却打翻了一堆堆的文件和纸张，他感到自己几乎被纸片掩埋了，医生一直在说着些什么，但是声音却越来越远……

"你无法想象多少人为了你受尽折磨，为了你的那些秘密，还有你的那些旅行。当年你们在公园里聚会的时候，你还记得吗？我们只有十岁，十岁！而那个时候你已经像现在这样冷血了！"

"罗杰……"

"看来你还记得我的名字！"

内斯特躺在地上，用手拨开脸上的纸片，看着站在自己身前的鲍文医生。

"可是在那年夏天的时候我的名字就从来都没有出现在你的脑海里对吗？也许你不希望我一起参与进来，也许你害怕我参加了之后会搅黄你们的游戏，还有你们的……探险！"

内斯特再次回想起了那年的夏天，孩子们聚在了一起分配不同的时光之门的钥匙，罗杰·鲍文当时并不在，因为他的父母不让他出来，最后，鲍文就这样被排除在了集体之外，因为他几乎从来都没法参加活动。"罗杰，你在……说什么呀……你不是……"

"于是整件事情就这样被决定了，这些年以来一直如此，尤利西斯，你从不到小镇上来，而是在你自己的山庄里搞那些把戏，而且从来都没有邀请我去过，从来都没有！"

内斯特努力尝试想要用双手支撑起自己的身体，但是此时的他已经是全身乏力，他想要对鲍文说的话一直萦绕在自己的脑海中，却无法张嘴说出来。

罗杰从未被邀请去阿尔戈山庄，其实是因为珀涅罗珀无法忍受鲍文太太的那张毒嘴，因为她届时一定会大肆批评女主人如何不懂得打理山庄的。另一方面，罗杰本人也从来都没有表达过想要去山庄的想法，他怎么会知道？那他现在是想要干什么呢？

"是时候做一个了结了，老伙计，你们已经跨过了所有的底线，甚至把那些来自伦敦的小朋友们也卷了进来……为什么不是我的女儿？或是辛迪？或是那个龇牙咧嘴的小品科瓦尔？哦，不对，尤利西斯·摩尔有着不同的想法，他选中了伦敦的那对双胞胎兄妹和瑞克·班纳。他们比起镇上的孩子们到底有何与众不同？你以为你是谁？凭什么决定由谁

来掌控时光之门的钥匙？"

内斯特将脸转向天花板，努力地呼吸着，在他的眼中，所有的物品都是紫色的，并且不停地在旋转，然后又慢慢变成了灰色。"这些并……不是我……决定的……"他从喉咙里挤出这句话。

"你还打算去欺骗谁？回答我，如果你有勇气的话：为什么不是我的女儿？"

不知出于什么原因，内斯特突然开始笑了起来：他想起了鲍文的女儿是自己跑去伦敦的，而且在那之后就再也没有回来找过鲍文夫妇。他很理解女孩儿的决定，他很理解。

老园丁感到自己被人拉了起来，紧接着他就见到了罗杰·鲍文的那张脸，就在距离他几厘米的地方。"你喜欢笑对吗？内斯特·摩尔，那我就让你在去你的梦想之国之前笑个够！老实告诉你，我知道你的妻子在哪里，我一直都知道，我也知道为什么她再也没有回来。难道你忘记了那天在悬崖边你想要将她推下悬崖的事情了？"

内斯特的胸口突然感到了一阵刺痛，这是他心中最深的一道伤疤，永远都抹不掉，从他的内心吞噬着他。在老园丁的意识开始渐渐模糊的时候，他听到了医生凑到他耳边的最后一句话："祝你做一个噩梦，摩尔！"

接着周围变得一片漆黑。

内斯特昏睡了过去。

带着伤痛。

时光之门

卡利普索书店

第十章
医师的报复

❝ 不知道其他人怎么样了？❞安妮塔有些担心地问道。

在和鲍文医生奇怪地见了面之后，她和杰森两人赶紧一路小跑着去教堂看看瑞克和茉莉娅是否已经到达，但是那里并没有两人的踪迹，他们就好像是凭空消失了一样，除了他们之外，还有安妮塔的爸爸、托马索和布莱克·沃卡诺也是这样……

他们还尝试过用莫里斯·莫洛的笔记本来试着和茉莉娅联系，但是同样一无所获。

两人就这样有些漫无目的地走到了一处废弃厂房的院子里，正好看见一条狗正对着房顶上的窗户大声吠叫着。

杰森忐忑不安地来回走着，"他们一定出了什么事，我能够感觉到！"

安妮塔靠在院子四周的铁丝网上，望着天空中仅有的一片蓝色问道："你怎么能确定？"

杰森停下了脚步。"我并不是确定，"男孩皱着眉头回答说，"只不过从我们回到基穆尔科夫开始就接连发生了许多奇怪的事情。先是一场莫名其妙的大水，接着辛迪说一切都是因为弗林特兄弟打开了卡利普索书店里的时光之门所造成的，而现在瑞克和茱莉娅又像是突然被外星人抓走了一样！"

安妮塔开始感觉到心跳加速："我们最后一次见到他们的时候，和他们在一起的还有剪刀兄弟，你觉得会不会……"

杰森看着女孩，然后摇了摇头，肯定地说："不，不太可能，那两个人不会去伤害一些无关紧要的人。"

安妮塔的嘴唇颤抖了一下说："你觉得会不会是鲍文医生？瑞克和茱莉娅当时正好是去他的家里，而当我们见到他的时候，他看上去似乎非常……激动！"

"是啊。"杰森若有所思地回答说，"他看上去似乎不太愿意见到我，而且我觉得他一直在回避我的问题，还有……他提到了我们的那些'好朋友'……我想他指的是布莱克，听上去他好像真的知道些什么。"

"你对他有什么了解吗？"

杰森试着重新整理一下思绪。"了解不多，只知道他骨瘦如柴，和妻子生活在一起，他的妻子总是爱为清洁问题或是院子里的一些琐事发飙，而他老爱玩一些猜字游戏，老人嘛，总希望自己能够多动动脑子免得过早退化。他同时也是镇上的药剂师，他的药店就在小镇的主干道上，如果没有被大水冲垮的话，现在应该还在那里。镇上所有的人都认识他……"杰森突然停了下来，"等等，也许我想起了一件事情。"

"什么？"

"在他的房子的厨房里有一张地图，好像是他的祖先，一个名叫托斯·鲍文的人画的……那是一张1800年左右基穆尔科夫的地图，我们也正在寻找它，因为我们认为在那张地图上画着所有时光之门的位置。"

安妮塔睁大了双眼看着男孩问："你是说在鲍文医生的家里有一张画着基穆尔科夫所有时光之门的地图？"

杰森笑着摇了摇头说："哦，不是的，不是的，事情比这个要复杂一些，在鲍文医生的地图上一开始并没有画上时光之门，它们是在后来才被添加上去的，是珀涅罗珀做的。"

安妮塔张大了嘴，好像有些蒙了："这样，我再复述一遍，看看是否正确，你说在鲍文医生家的厨房里原本有一张基穆尔科夫的古老地图，后来有人得到了它，并在上面做了一些记号？"

"差不多是这个意思吧。"

"不过，单凭这点好像不足以怀疑他啊，你觉得呢？"

杰森抬起头，看着天空，然后叹了口气。"我知道！"他有些失落地说，"但这个是目前我们手头上唯一的线索了。不管怎么说……现在这种情况真是让人抓狂！我有点越来越搞不懂状况了，就好像是在黑暗中摸索一样，这种感觉真是糟糕！"

安妮塔理解地笑了笑，然后她换了个角度看着街道，过了一秒钟之后说："你还是觉得鲍文医生有些可疑？"

"是的，"杰森肯定地说，"我是这么想的。"

"那我们就试试跟踪他看看吧。"

"什么意思？"杰森也转身看向街道，有些疑惑地问道。

安妮塔指着一个戴着帽子，身穿风衣，正走在人行道上的男子说道："那里，他已经从诊所出来了。"

　　鲍文医生绕过一个水塘，重新走上了主路的人行道，在经过了动物医院的那幢楼之后，他来到了自己那家药店的后门处，然后他从风衣里掏出一串钥匙，打开了门，不过医生并没有直接进入，而是警惕地四下张望了一下，仿佛要先确认没有被人跟踪似的。

　　安妮塔和杰森此时正好在街道拐角的墙后，因此没有被发现。在医生最终进入了药店之后，两人才踮起脚尖慢慢来到了后门这里。在离门不远的地方有一扇小窗户，杰森小心翼翼地透过窗口向内瞥去。

　　就这样大约过了几秒钟之后，男孩突然低下了头。

　　"你看见什么了？"安妮塔急切地问道。

　　"我不是很懂，他在翻……一个背包。"

　　女孩摇了摇头说："也许是我们太过于多疑了。"

　　接着女孩抬起头透过窗户向里看去。

　　"他拿了一把小梯子过来，"女孩说道，"然后在翻柜子最顶层的那些瓶瓶罐罐。"

　　"要不我们进去吧。"杰森说。

　　"进去干什么？"

　　"总比在外面强。"

　　安妮塔想了一下，然后说："不，等等，我有个主意。"

　　她对杰森说了些什么，然后男孩嘀咕着说："这样对你来说太冒险了！"

　　"相比我而言，你承担的风险更大，"女孩说，"而且我不担心被发现，因为他根本不认识我，所以也不会起疑心。"

　　杰森看上去似乎还有些不放心。"好吧，"他最后说道，"那就照你的说法来做吧：我听到你的敲门声之后就进去。"

　　两人紧紧地拥抱在一起，然后亲吻了一下，立刻脸烫得发红。

在道别之后，安妮塔迅速跑向街道，绕了一圈之后来到了主路上，一路飞奔着经过了动物医院和另外几个被淹了的商店，不停地为自己的着急而向行人道歉，最后她停在了鲍文药店门口那块写有1862的牌子前。

大水最高的时候甚至淹没了这里的玻璃橱窗，不过现在水退去之后，只留下了一道道淤泥的痕迹和几张书页贴在上面，药店的大门仍然紧闭着。

女孩伸手拍了拍玻璃，然后她发现边上挂着一个铜门铃，上面写着"有急事，请响铃"，于是女孩毫不犹豫地敲了敲铜铃。

"鲍文医生！鲍文医生！"她喊道，"鲍文医生在吗？"

门铃声很快就惊动了医生。安妮塔看到他微微拉开了盖住玻璃的黑色窗帘，眼神里充满着失望。女孩对着他笑了笑，然后指着街道另一侧，从医生的角度看出去正好看不到的某处，说："请开一下门，有紧急状况！"

鲍文比画了几次，意思是门被大水冲得变形了，所以他没法开门。但是，女孩一直坚持着不离开，最后，医生只能掏出钥匙插进锁孔，转动之后使劲将门拉向内侧，在尝试了三次之后，门终于被打开了。

"姑娘，到底发生什么事了？"医生的脸涨得通红，如同是一个盗窃了教堂祭品的小偷一样。

安妮塔通过门缝伸手进去抓住了医生风衣的袖子，并将他拉了出来。"快跟我来，医生，求您了！"她喊道，"我的爸爸掉进海里了！我的爸爸掉进海里了！"

医生有些粗暴地甩开了女孩的手。"那又怎么样？"他冷冷地回答说，"我可没办法跑去救每个掉进海里的人！你把他带去诊所吧，就在那里，看到了吗？我这里补充一点药品之后就会过去。现在，如果可以的话……"

　　鲍文医生将自己的身体完全倚靠在门上，终于在尝试了两次之后将门给关上了，然后将玻璃门上挂着的一块牌子翻了过来，牌子上用金色的字体写着：

　　很抱歉，由于有急事暂时关闭，如有需要可以到街道对面的圣·雅各布教堂找菲尼克斯神父。

　　安妮塔站在原地看着牌子上的文字，过了几秒之后她转身沿着人行道离开了。"就看你的了，杰森。"女孩自言自语地说。

第十一章

隐藏着的药物

杰森·科文德躲在杂物柜里，大气都不敢喘一下。

他趁着鲍文医生尝试着打开大门的时候从后门溜了进去，一进去之后就立刻躲进了这里，由于外面盖着一块天蓝色的条纹布块，所以让这里成为了一个藏身的极佳场所。男孩很幸运，在躲进来的时候没有碰倒任何一把扫帚或是水桶，所以他就这样神不知鬼不觉地听着外面发生的一切。在医生翻转了那块木牌之后，嘴里一直在嘀咕着说了安妮塔些什么。男孩屏住呼吸，在听见了椅子拖动的声音之后，他终于确定了鲍文医生重新开始了刚才未完成的事情。

杰森咽了口唾沫，然后缓缓探出头去。

鲍文药店的装修几乎维持着最古老的风格：陈旧的核桃木地板，一

个巨大的双体抽屉柜，里面装有各种各样的药品，还有一个黑色的木头书架，由于常年的使用，表面已经被磨得十分光滑，书架上放置着大大小小的瓶瓶罐罐，里面装有不同的药草，搁板由于承重的关系已经有些变形。在天花板上挂着一面镶着金框的镜子，从里面可以看到柜台和玻璃吊灯所发出的光线。

医生脱掉了鞋子，踮起脚尖，站在一张裹着花纹布的凳子上，他从书架的最上层取下了三个罐子，并将其并排放在了柜台上，最后他如同一辆火车一样喘着粗气爬下了凳子。

杰森立刻将脑袋缩了回来。

"让我想想……"医生一个个地打开罐头，然后又合上罐头，嘴里念叨着，"到底放在哪里了？"

医生的双手不停地在纸张和文件中翻找着，终于他看到了一个盒子。

"找到了，"医生说，"这下可以了，很好，再来点这个……"

杰森听见了一下金属碰撞的清脆响声。是勺子碰在杯子上的声音吗？还是一个砝码放在天平上的声音？接着又传来了抽屉打开和关上的声音，然后又是一阵翻动纸张的声音。

"当然，还有这个，最好还是备着一些以防万一。"

医生将纸折好之后重新放回罐子里，然后爬上凳子将它们全部放回原来的位置。杰森又偷偷伸出头去瞥了一眼，这样他就能够记住几个罐子摆放的位置了。

接着他的目光落在了柜台上的一件物品上，杰森感到自己的心一下子快跳到嗓子眼了：他敢打赌那个绝对是内斯特的背包！

这个背包怎么会在这里？

男孩对于鲍文的种种怀疑似乎慢慢开始被确认了。

这时传来了地板咯吱咯吱的声响，显然医生正在从椅子上下来，但

是紧接着又传来了一些奇怪的声响，于是杰森决定将遮挡的布帘拉开一点点，冒着被发现的风险向外瞥去。

医生站在柜台的后面，背对着大门，他移开药店创始人的一幅肖像画，并露出了隐藏其后的一个保险箱。

这时，鲍文医生突然向杰森的方向警惕地张望了一下，男孩下意识地向后缩了一下脑袋。

医生吹着口哨，一边摆弄着保险箱的旋钮。

"记下他转了几格，杰森……一定要记下！"男孩心里虽然这样想着，但是由于医生转动速度很快，"嗒嗒"声一直持续传来，他根本无法辨识究竟响了几次。最后他听到了保险箱打开的声音，然后鲍文医生说道："现在，我的宝贝们，我可得把你们藏好了。"

杰森再次探头出去，只见医生正在将一件件金属的物品从内斯特的背包里取出，并放入保险柜中。当他看到一个刺猬形的手柄时，男孩几乎喊出声来。

怎么会这样？

男孩的心一直悬着，直到这场彻头彻尾的盗窃行为结束，随后他看见鲍文医生从保险箱里取出了一件用深色布匹包裹着的物品。

"这就是面对最后的挑战所需要的东西了。"医生有些得意地自言自语道。他的手上拿着一把长管手枪，散发出阴森森的黑色光泽。杰森一下子就认出它来：

那是一把老式的鲁格手枪，和他最喜欢的漫画中麦斯麦罗博士的最大敌人使用的武器一模一样。

基穆尔科夫竟然有人藏着手枪！

男孩不自觉地向后退了一步，躲进了笤帚堆里，只听见鲍文医生关上了保险箱……嗒嗒，嗒嗒……同时嘴里一直在嘀咕着些什么。医生踩

在木地板上的脚步声越来越近，越来越近，随后突然在杂物柜前停了下来。杰森确定在那种距离之下，任何人都能够听见自己那强烈的心跳声。

"看看我都干了些什么！"帘子外的医生说道，"如果艾德娜看到地上的泥土的话肯定会杀了我的。"

哦，别，鲍文医生，别，别去管那些泥土了！

"也许应该打扫一下这里。"

当帘子突然被掀起的时候，杰森一下子如同一尊雕像一样僵立在阴影处。医生此时就在距离他三十厘米都不到的地方，手里还举着帘子，低着头看着脚下的地板。

杰森几乎能够看到他风衣底下鼓鼓的那把手枪。

正当男孩心想这下完了的时候，意外却发生了：医生突然摸着自己的肚子大笑起来，并放下了帘子。

"管他呢！"他嘴里说着然后就离开了杂物柜。

很快，杰森听见了医生从药店后门走出去的声音。

在杰森确定药店里只有他一个人的时候，他再也支撑不住，一屁股坐在了一个水桶里。

在尝试了几次之后，杰森终于为安妮塔打开了正门。

"你总算开门了，事情进行得怎么样？"女孩笑着说，"一切顺利吗？你的屁股上怎么会套了个水桶？"

杰森看了看外面：天空灰蒙蒙的，基穆尔科夫小镇上的木头房子如同一间间棚屋一样摇摇欲坠。

他示意女孩进屋，然后取下水桶并将其放到了原来的位置，然后将自己的发现告诉了安妮塔。

"太让人难以置信了！"女孩惊呼道，"那我们现在该怎么办？"

"不管我们打算做什么，都必须抓紧时间，"杰森说道，"必须赶在

他回来之前！"

仿佛为了执行自己所说的话一般，男孩穿过柜台，停在了天花板上那面大镜子的下面。

然后移开了药店创始人的肖像画。"当时他手上拿着我们所有人的钥匙，然后放到了这个里面！"男孩指着藏在画后面的保险箱说道，"但是我没能记住密码……"

"那他还做了什么其他事情吗？除了打开和关上保险箱？"

药店里一切都是如此井井有条，如同一张完美的相片一样。

"除此之外就是内斯特的背包了……以及在此之前他一直在摆弄的那几个药罐子。"

两人模仿着鲍文医生，搬来了凳子，并爬上去取下了刚才医生拿的那三个罐子，并将它们并排放在了柜台上仔细观察。三个罐体并没有任何特殊的地方，都是白色和蓝色的，在贴标签的空白处有几个漂亮的手写字：杜松子、贯叶连翘、委陵菜根。

两人打开了第一个写有杜松子的罐头，看到里面装满了深色的浆果。

杰森并没有说话，而是将手伸了进去。

"和刚才我听到的声音一样！"杰森兴奋地喊了起来，"所以刚才他也是在翻动这个罐子！"

话音未落，男孩的手指似乎触碰到了一件不同的物品，两人吃惊地从罐子里取出了一个小包裹：外面一张陈旧的油纸里包着一些小瓶子，纸张上留着鲍文医生的字迹：安眠药水，里面是两个小玻璃瓶，瓶子里装着红色的液体。

"我看看其他罐子里有些什么……"安妮塔对于事情的发展显得有些难以置信。

在写有"贯叶连翘"的那个罐子里，两人找到了四个小瓶子，上面

写着苏醒药剂，而在"委陵菜根"的罐子里，他们找到了一些"猛烈腹痛药剂"。

"这下清楚了，这个医生！"杰森惊呼道，"隐藏在他表面之下的其实是一个古老药剂的贩子！"

安妮塔拿起了那瓶装有紫色液体的猛烈腹痛药剂有些将信将疑："你真觉得这个东西有用？这些东西应该只存在于小说里……"

"或是在某些虚幻旅行地，"杰森想了想之后补充说，"谁知道这些药剂是什么时候在哪里被制作出来的呢？谁又知道医生是怎么得到它们的呢……"

正在这时，街上传来的一阵声音将两人吓了一跳。

"我们得赶紧离开这里，"安妮塔拿起手上的那个包裹问道，"这些东西怎么办？"

"我们先拿上，"杰森说道，"然后把这几个罐子放回原处。"

两人很快就做完了这些事情，现在只剩下那些钥匙的问题了。

两人快速地打开柜子的抽屉，但是只在里面找到了一些收据，一本花园家具的样本册，一本新的笔记本以及一本猜谜杂志，并没有什么有价值的物品。

"我敢打赌即便我们用显微镜来看，在这里也找不到一点灰尘。"药店里干净整洁的环境给安妮塔留下了十分深刻的印象。

杰森随意地翻动着那些收据，样本册以及杂志，他觉得哪怕现在没法打开那个保险柜，如果能够找到药店的备用钥匙也算是有所收获，这样他们就能够下次再进入这里了。但是结果呢？他们现在不仅失去了医生的行踪，连瑞克、男孩的妹妹以及其他的伙伴们也都不见了。

"为什么我们不再用那本笔记本试一下呢？"安妮塔提议说，"也许这会儿能够联系上别人。"

说完，她从自己的背包里取出并打开了那本莫里斯·莫洛的笔记本。

这时马路上又传来了一个声音，两人赶紧躲到柜台的后面，盘腿坐下，将笔记本放在面前。安妮塔的手指快速地在这些来自中国的魔法纸张之间来回翻动。

随后，不出所料，他们在其中的一页上见到了茱莉娅的画像。

"你的妹妹在这里！"女孩兴奋地说道，同时将手放了上去。

杰森终于松了一口气，说道："快！问她现在是什么情况！"

安妮塔·布鲁姆闭上了双眼，开始通过神奇的笔记本和茱莉娅进行交流。就目前所知，这本笔记本一共只有四个副本，也就是说只有四个持有者可以通过笔记本来进行心灵通话。

交流的过程非常简短。

"坏消息，杰森。"安妮塔很快说道，"医生将他们两人关在了地下室里！"

鲍文医生的药店

彭普利路

第十二章

钥匙

五月广场已经不复存在了。

这个基穆尔科夫老镇区上的美丽广场原本有着一个漂亮的喷泉以及古色古香的石子路，而如今已经变成了一堆烂泥。广场一侧的邮局已经完全被水淹了，而另一侧的卡利普索书店也已经面目全非，玻璃没有了，挂着门铃的大门不见了，门口的长凳不翼而飞，剩下的只有断壁残垣。

里面的书本被冲得到处都是：有些直接铺在人行道上，有些纸张散落在空中，还有些书页则粘到了其他老房子的外墙上。

镇上的许多居民都自发地拿起铲子、笤帚以及其他工具开始清理街道，砌墙工人们开始着手修复被大水冲毁的围墙。而小镇上仅有的两个

管道工，尽管一直以来都在相互竞争抢夺客户，此时却默契地签订了休战协议，一户一户地上门看有没有能够帮忙的。为了避免更多的事故，他们已经切断了小镇上大部分地区的电源。

剪刀兄弟和弗林特兄弟略显不耐烦地看着书店的残壁断垣。

"你确定你们刚才在这里面？"卷毛指着面前的那堆黑乎乎的废墟问道。

黄毛靠在一面墙上想要看看里面的情况，没想到墙却掉下了一块。

"是的，那扇门就在这里后面的地下。"小弗林特双手交叉在胸前，坚持道。

"就是这样，那扇门在这里的后面。"弗林特老二站到了和弟弟相同的位置重复了一遍同样的话。

"那现在我们可以去查帕面包店了吗？"大弗林特此时此刻仍然惦记着自己的胃。

整幢房子如同经历了一场爆炸一样：所有的墙壁都已经分崩离析，包括门和窗户也都如此，而在二楼已经连一块完整的玻璃都不剩了。

"我想你们所说的那扇门现在应该已经不在了。"黄毛借助打火机向着黑漆漆的屋里张望着说。然后他跨过废墟，顶着天花板上滴滴答答的水滴，踩着水塘和淤泥向里走去，只为了看一看孩子们所提到的后面到底是哪里。但是这里面确实已经什么都不剩了，于是他停下了脚步。

黄毛抬起了手中的打火机，突然发现在黑暗中有一个人站在那里。

那个人双手放在背后，背对着他，似乎并没有意识到他的到来，他紧紧盯着唯一的一面屹立着的墙壁观察着，墙的中间有一扇门。

"不用光这里也可以看得很清楚。"男子头也不回地说。

黄毛立刻认出了这个干干的声音。

"沃尼克博士？真的……是您吗？"

在听到了自己的名字之后，燃烧者俱乐部的头领将头转过了四分之三。"啊，是你，你在这里干什么？"

黄毛的脚似乎踩到了一块破损的地砖。"我们担心您掉进海里，所以一直在到处找您！"

"你不是应该在法国吗？"

"之前我确实在法国，先生，但是后来……"

"没关系。"玛拉留斯·沃尼克打断他之后，继续将注意力放到了那扇古老的门上。空气中只有连续不断的水滴声。

"很高兴大水没有对您造成伤害，沃尼克博士。"过了一会儿黄毛说。

"哦，我只不过是运气好罢了，幸好我们及时发现了大水才得以逃离。反倒是我比较好奇，这场大水是从哪里冒出来的？"

"我们的线人说大水是他在转动钥匙之后从那扇门里涌出来的。"

"那你觉得你们的这个线人的话靠谱吗？"

"如果您想要见他的话……他现在人就在外面。"

沃尼克的鞋跟踩得地上的石子沙沙作响，从他的表情中没人能猜得透他到底在想些什么。

"你知道这让我想起了什么吗？"在沉默了许久之后他开口说道，"一个我在很小的时候就读过的故事，一个小男孩在睡觉前忘了关水龙头，而整个小镇在那天晚上发了洪水。第二天早上当小男孩醒来的时候看见小镇被淹了，他以为是他的错误造成的。"

"真是一个有趣的故事，先生。"黄毛附和道。

沃尼克脚下的沙沙声此时变得越发强烈。"你真觉得这是一个有趣的故事？一个什么都不懂的孩子以为自己背负着成人世界的责任？"

黄毛咽了口唾沫，无言以对，天花板上滴下来的水滴声让他觉得时间过得无比缓慢。

　　"所有的这一切让我感到很困惑。"过了一会儿沃尼克说道,"我们此行的目的本来是揭穿那本儿童书和它作者的谎言的,然后却发现整件事情似乎还关联着燃烧者俱乐部创始人的家人,而现在我们站在这个已经被水淹掉的书店里谈论着一扇不可能存在的门,我和你两个人,你难道不觉得这一切很可笑吗?"

　　"哦,当然是的!"正在这时,一个人走进了书店里说道,"所以这些可笑的事情必须被终结掉。"

　　当这个人来到两人身边时,他做了个自我介绍。"我是鲍文医生,很高兴认识你们,"他对着黄毛说,"我正好也在找你们。"

　　"你就是我姐姐的朋友啊,幸会。"沃尼克冷冷地回应道,他联想到了几个小时之前的那次不怎么愉快的见面。

　　"是的,不过我得承认,那只不过是我为了能够和您谈话的借口而已,当我看到您和布莱克·沃卡诺在一起的时候,我简直无法相信自己的眼睛,所以我希望能够确认您确实就是玛拉留斯·沃尼克博士,也就是别人口中的玛拉留斯博士。"

　　沃尼克站在原地,一动不动地紧紧盯着他。

　　"而且,我想我已经知道你们是做什么的了……"鲍文医生继续说道,"所以有件事情我希望你们能够帮忙。"

　　"鲍文医生,那请您告诉我,"玛拉留斯·沃尼克中断了一下之后继续说道,"我们为什么要给您……提供帮助呢?"

　　"对于这扇门的来龙去脉我很清楚……"医生微笑着说道,"而且我还知道一些关于其他门的信息,如果你们想知道的话,我可以告诉你们。"

　　"那您可真是太慷慨了。"黄毛说道。

　　"但是在此之前,正如我刚才所说的,我需要你们的帮忙。"

　　"既然是这样的话,那你可以告诉我们需要帮什么忙吗?"玛拉留

斯·沃尼克问道。

　　"非常简单,"医生解释说,"因为这件事情有一个很方便的解决方法,就是我们一起去把山崖顶上的那幢房子烧掉。"

第十三章
保险箱

    ❝ 我们再仔细想想……"杰森自言自语说道。他和安妮塔仍然盘腿坐在药店柜台的后面。在女孩的腿上，那本神奇的笔记本仍然打开着，她有些担心地看着男孩，而杰森则脑袋向后仰着，手里拿着一本卷起的猜谜杂志不停地敲打着自己的额头，好像在不停地思考着什么。

    "天哪，这下子我们四个人都被卡住了！"过了一会儿之后男孩喊道，"他们两人需要有人过去解救，而我们则需要在医生回来之前从保险箱里取回钥匙，现在这样的局面，我根本无法思考！"

    "他们说在他们被囚禁的那个房间里有许多备注字条，也许里面会有保险箱的密码也说不定。"安妮塔说的时候连自己都不太确定。

    "好吧，反正试一下也无妨。"

女孩重新将手放到了茱莉娅的那一页上，然后闭上了双眼。过了几秒钟之后，她再次睁开了眼睛说："他们正在查看，但是好像没有……而且他们说种种迹象表明，医生好像打算离开小镇。"

"什么意思？"

"他好像刚刚把自己的房子卖掉了，打算搬家。"安妮塔说。

"对了！"杰森用杂志狠狠拍了一下自己的额头说道，"他已经拿到了所有的钥匙，所以……现在就准备远走高飞了！"

"还有一件事情……"女孩继续说，"他们找到了一个奇怪的海螺。"

杰森打开杂志随意地翻看着。"为什么奇怪呢？"

"因为它被放在了冰箱里，藏在水瓶的后面……"

"等等！"杰森突然打断了女孩，因为他似乎注意到了猜谜杂志上有一些奇怪的地方，也许不是奇怪，但就是引起了他的注意，"猜字游戏……医生喜欢玩猜字游戏！"

"那又怎么样？"

"你看一下这里，"杰森将杂志递到了安妮塔的鼻子底下，"医生玩游戏的方法很特别，他不是一个一个去做，而是所有的猜字游戏一起开始，然后每一次都完成几个，一般而言他同时能做三到四道题。"

"杰森，我们没有时间了……"安妮塔摇着头说道，"我们得赶紧离开这里，因为鲍文医生随时有可能回来。"

"我可不能就这样把时光之门的钥匙留在保险箱里！"

女孩用责备的目光看了他一眼："可是，现在有比时光之门的钥匙更重要的事情需要处理！茱莉娅和瑞克需要我们的帮助！而且我们还得找到其他人的下落，看看他们是否都安然无恙……"女孩突然停了下来，不知道再说些什么。

杰森的嘴唇微微发抖，安妮塔说的当然没错……尽管他觉得鲍文医

生的猜字游戏中好像隐藏着什么秘密……一些很重要的秘密……但是他还没能够抓住。最终男孩还是决定相信自己的直觉而将女孩的建议先搁置一下专心研究那本杂志。

"医生做事非常有条理，而且总喜欢按照相同的顺序来完成。"男孩心想，"从这本杂志上的题目就可以看得出来，前面的部分都是已经完成了的……"

男孩快速地翻动着书页。

安妮塔准备合上笔记本，说："够了，杰森，我们得赶紧离开这里。"

"到一半的地方……"

"杰森？"

"只做了个开头，只做了个开头，这个也是只做了个开头。"

女孩拍了拍他的手。"我们得去救你的妹妹了，并且要想办法通知别人。"她的声音显得十分镇定。

"安妮塔，拜托了，再给我几秒钟的时间，"杰森恳求道，"你看，鲍文医生做猜字游戏的时候从来不会从第一行开始，一般来说，我们做这些猜字游戏的话，总是从第一行或是第一列开始，但是他不是这样……"

"那又怎么样？他也许有他自己的方法，和别人……"

"是的，但是他的方法有些偏执啊！你看到这里了吗？他从中间开始……还有这里……还有这里！他每次都是从同一个数字开始，那就是……"

男孩很快翻看了一遍杂志最后几页上完成了一半的猜字游戏，然后抬起头看着保险箱说："我们试一下吧，安妮塔。"

"试什么？"女孩迷茫地问道。

杰森翻到杂志上的最后一页，那个字谜中只有一条被填满，然后说："如果我猜得没错的话，鲍文医生总是习惯于从同一个数字开始，那就

是十三，不管是第十三行还是第十三列，所以你可以试试先把旋钮转到十三上。"

"杰森，这样乱猜可不行！"

"反正随便试试又没什么关系！我们现在也没有别的办法！快照我说的做！"

安妮塔叹了口气，来到保险箱边，然后将旋钮转到了十三上，"好了。"

杰森将杂志向前翻了几页后说："接下来再转到二十七上。"

安妮塔第二次转动旋钮，"然后呢？"

"三十九。"

"这真是太可笑了，杰森。"

"转好了吗？"

"是的。"

嗒，保险箱发出了一声清脆的声音。

"看，我说什么来着？"杰森扔掉杂志从地上跳了起来。

十三、二十七、三十九，鲍文医生对于这些数字看来情有独钟。无论是他解猜字谜题，还是他的保险箱密码用的都是这几个数字。

安妮塔吃惊得哑口无言，他打开保险箱的门，然后取出了医生藏进去的装有时光之门钥匙的盒子，这里面除了四把阿尔戈山庄的钥匙之外，还有一把是仍然湿漉漉的鲸鱼钥匙。

"他刚才先去取这个了……"杰森气愤地说，"他根本就没有考虑伤员，而是先去拿鲸鱼钥匙了！"

"没时间感慨了！"安妮塔提醒他说，"我们快走，现在！"

两人小心翼翼地将钥匙装进背包里，尽量不要压到那些他们在罐子里找到的药剂，然后关上保险箱，并将其放回原位之后来到了后门。

在开门的时候，安妮塔转向杰森问道："我们现在去解救你的妹妹

和瑞克，对吗？"

　　"我不确定这是第一件要做的事情。"男孩回答说。

　　"但我们是他们逃离的唯一希望啊！"女孩反驳道。

　　"是的，但就这样过去的话……可能会有危险。我们得先准备一些东西。"

　　"什么东西？"

　　"先找一样方便些的交通工具吧……"男孩停顿了一下之后继续说道，"然后是一些武器。"

　　安妮塔简直无法相信自己的耳朵："你是在开玩笑啊？"

　　"当然不是！我得提醒你，他手上可是有枪的。"

　　"那你觉得能找到什么？来复枪吗？"

　　杰森扭头对她笑了笑，说："不完全是，但也差不多吧……我们走！"

　　两人从药店的后门走了出来，并且快步走向了刚才路过的那个厂房。

　　"还有一件事，"当杰森走到了院子的围栏边时说道，"让瑞克和我的妹妹在一起待上一会儿对他们没什么坏处。"

　　安妮塔笑着说："你这个做哥哥的真是可以啊，科文德！"

第十四章
悬崖之上

　　❝这样说来，到底是谁建造了这些门呢？❞剪刀兄弟中的一人随口问道，他们所乘坐的车辆正沿着山路向阿尔戈山庄行驶着。

　　"答案很简单：就是那些门的建造者！"鲍文一边开着车，一边说道。

　　"您的答案让我想到了一句很著名的名言：在我死之前都是活着的。"卷毛说道。

　　"是拉帕利斯先生说的！"黄毛一下子就想起了。

　　"不管怎么说，谁造的那些门已经不重要了……"医生突然严肃地说道，"重要的是现在，他们将会永久地消失。因为这些门可不是用来玩冒险游戏，或是寻找妻子的……"最后的这句话他几乎是咬牙切齿说出的，"这些门非常危险，正如你们所见到的那样，而门的钥匙决不能

够交给那些孩子们！那些孩子们，你们明白吗？"

"说到那些孩子们……"黄毛说着回过头去看了看汽车行驶过的道路，"你们觉得那三个人会跟着一起来吗？"

他口中所提到的三个人指的是弗林特兄弟，由于医生那辆咖啡色的小车空间不够，所以他们并没有上车。（当然即便有地方让他们坐，医生也绝对不会同意这三个满身泥泞的家伙上来的。）

"我已经给了他们十英镑了，"卷毛有些轻蔑地笑道，"而且告诉他们如果他们能帮我们完成工作的话我会再给他们十英镑。"

"对了……"黄毛双手抓住副驾驶的仿皮座椅问道，而沃尼克整个行程都坐在那个位子上看着远处的大海一言不发，"……鲍文医生，为什么你一定坚持要把整幢房子全都烧掉呢？"

"不管你们信不信，"医生镇定地回答说，"这个点子还是在你们这里得到启发的，直到昨天之前，我还一直在收集和这件事情相关的信息，其中当然也包括了你们'燃烧者俱乐部'。但是接下来和你们老板在海边的见面看来是命中注定的！而之后的那场大水则可以说是压垮骆驼的最后一根稻草，因为这次的事件让我下定决心要付诸行动了。"

"如果你不介意的话，我想问一下，"卷毛说道，"为什么你一定坚持需要我们的帮忙？"

"你看看你问的这是什么问题！"医生回答说，"你们难道不是干这种事的行家吗？在我的人生之中，我可是连一个壁炉都不会点，更别提让我去烧掉一整幢房子了！"医生加大了马力。"不管怎么说，如果你们还有顾虑的话，我可以告诉你们，唯一的可能阻碍到我们的房东已经被我给摆平了。"医生最后恶狠狠地补充道。

黄毛向后靠在了靠背上，决定不再刨根问底。"哎哟！"过了一会儿之后他喊了起来，"后备厢里有什么东西扎到我的后背了！"

"我想您可能说的是我妻子的衣挂……"医生一边说着，一边毫不减速地过了一个急弯，以蓝色的天空和大海作为背景，马路上的白色石子和两侧的薰衣草飞快地向后逝去，"我们每次出门旅行都会带着那些东西。"

"你们准备出远门吗？"

"是的！"医生说道，"在我处理完'阿尔戈山庄'的事情之后，我就带着我的妻子离开这个破地方，永远！"

又是一下急加速，令三个燃烧者俱乐部的成员赶紧抓紧车窗上方的把手。

接着卷毛又开始提问了："不好意思，可是……既然您和您的太太已经准备离开此地了，为什么您还如此纠结于山顶上的这座山庄以及门和钥匙的事情呢？"

这次医生看上去有些失去理智，他愤怒地说："您说得很对！但我和其他人不一样！我不会去假装不知道一件事情，这是一个原则问题！我关注这件事情已经有好多年了，好多年！每当我接待病人的时候，无论是老人、病患、将死之人还是疯子，都能够听到关于这些东西的传闻，这里有一扇门，那里有一扇门，那些原本被放在保险箱里的钥匙又不翼而飞！阿尔戈山庄的主人从不离开那里半步！一个疯子钟表匠三天两头消失不见！那对从伦敦搬来的兄妹到处都能见到他们的身影！您知道吗？是时候该对这些事情说够了！"

"您是为谁而工作的？"之前一直一言不发的沃尼克这时开口了。

"什么？"

正在这时，阿尔戈山庄的塔尖出现在了地平线上。

"我问您是为谁而工作的。您看，您所说的那些关于原则的问题其实根本就不是重点。在我看来，如果有人让您帮忙收集钥匙，然后除掉

山顶的山庄，并支付您一笔不菲的报酬然后让您远走高飞，这样的脉络显得更符合逻辑。"

鲍文医生的脸一下子拉了下来："您在胡说些什么？"

"我什么都没有胡说，亲爱的医生，我只是提了一个问题而已。如果您和您的妻子打算离开这里的话，那么如果有一笔钱的话会更方便呢。"

沃尼克的话语彻底激怒了鲍文医生，他已经无法用言语来表达自己的愤怒，只是一言不发地紧紧趴在方向盘上，如同一名准备登山的旅行者一样。

医生身边的沃尼克终于可以获得片刻的清净，他看着窗外的海平面，脑子里想着自己的车子是怎么驶入海里的，以及里面还装有他所有的东西，包括他珍贵的手稿。

车子最后停在了阿尔戈山庄紧闭着的大门前，鲍文解开安全带，拔出钥匙，准备开门。

"这样吧，"沃尼克在医生下车前说，"如果您希望我们帮忙烧掉这个山庄的话，那么请为我们准备一辆离开的交通工具，或者让您的上司下令准备一下也可以。"

第十五章
丝绒之手

    ❝ '丝绒之手'里停放着许多老旧自行车，"杰森指着面前的厂房说道，"这里的老板是睡不醒的弗莱德的哥哥，原本他应该去做鞋匠的，但是他真正的爱好却是轮胎和零件这些东西。"

    "我看到了。"女孩鼻子顶着栅栏向里张望，在厂房外的院子里堆放着许多轮胎、船体、船舵、排气管和汽车门之类的东西，"你的意思是说我们进去偷两辆自行车？"

    "不，我的意思是我们可以借用一下，"杰森缓缓地说，"要是知道事出有因的话，他一定会同意借给我们的，可是现在他人不在，而我们又没有时间去找他。"男孩用手抓住栅栏开始向上爬，"大门从外面是打不开的……"

"说实话，我不太喜欢去做这样的事情……"女孩有些失望地说。

两人观察了一下四周，然后翻过栅栏，跳进了院子里，接着他们很快钻进了由堆放着的轮胎中间形成的通道里。

"也许我们可以给他留一张字条，告诉他我们会尽快将自行车还回来……"安妮塔提议说。两人像是走进了一片轮胎的森林一样，这里的轮胎按照不同的大小被叠起来摆放，有汽车轮胎、卡车轮胎、拖拉机轮胎、摩托和自行车的轮胎，除此之外，这里还摆放着大量的生锈轮毂和废弃的排气管。

杰森在这些废铜烂铁之间转来转去，就好像他天生就自带着指南针一样，在转过了十来个弯之后，两人终于来到了厂房的顶棚之下。

"到了，这里就是厂房了。"男孩宣布说。

在屋顶的阴影之下这里摆放着自行车，摩托车的零件，汽车的框架以及覆盖着狗毛的座椅。

"这家叫丝绒之手的工厂到底是做什么的？怎么有那么多废弃物品？"安妮塔看着这些堆积如山的齿轮、管材、气泵问道。

"瑞克说在这里你能够找到任何在路上行驶的车型的任何配件，也许他说的是对的。走这边，来。"

两人来到了厂房的门口，向里望去，看看能不能找到人，但遗憾的是这里似乎连个人影都没有。从厂房的门口有一条比他们刚才走过的略微宽敞一些的曲折小路一直通向栅栏门。

"我们得抓紧时间……"杰森指着一辆看上去成色比较新的自行车说道，"彼得·德多路士把这里当成像家一样的地方，"两人想办法将自行车取了下来，"每当他要发明什么机器的时候，总会到这里来寻找零件。可惜你不认识他，你没法理解。"

"但是我乘坐过他造的热气球。"安妮塔说。

　　男孩顾不上自己凌乱的头发，将自行车摆在自己的面前，端详了一会儿，觉得十分满意："瑞克应该会喜欢这辆自行车，第一辆搞定了。"

　　他将自行车交给安妮塔，并让女孩将车摆放到栅栏门的电动开关边上，然后他又挑选了一辆紫红色的锈迹斑斑的自行车作为第二辆。

　　"看上去成色一般……"男孩说，"但应该也能骑。"

　　"完全没问题，科文德。"女孩摆弄着第一辆自行车，这时她注意到在那张深陷下去的座椅边上，有一条断开的链条和一大碗水，"我觉得我们得赶紧离开这里……"

　　但与此同时，杰森已经跨过了一堆略微高一些的废弃零件，嘴里不停地发出惊叹声："嘿，哇哦！天哪！"

　　安妮塔走了过去，问他究竟看见了什么。

　　男孩子在一辆红色的摩托车前蹲了下来，四周摆放着的工具显示着这辆车正在这里修理：这辆摩托有着一个圆圆的大灯，流线型的外形以及银光闪闪的排气管。

　　"太帅了！"杰森抚摩着黑色的坐垫，说道，"这可是一辆原产的奥古斯塔（译者注：意大利顶级摩托车品牌）。"

　　"在我看来这就和一个高级电熨斗差不多。"安妮塔有些不屑地说。

　　"你是在开玩笑吗？这个宝贝无论放到哪个年代都是最棒的家伙！"说着，男孩灵活地跨了上去。

　　女孩怀疑地看了他一眼说："你最好还是快点下来，你还太小了，骑这辆摩托容易受伤。"

　　"没问题的，我知道自己在做些什么。"男孩有些不高兴地说。

　　正当杰森的手准备转动插在摩托车上的钥匙时……

　　汪！

　　安妮塔立刻回头望向院子，她甚至都来不及问杰森有没有听到狗吠

声，只见从堆积物形成的如同迷宫一般的通道中一下子冲出了一条体型庞大的狗，犹如一头犀牛一般，全身披着浓密的短毛，两只眼睛黑得发亮，长着一张红色的大嘴。

"哦，我的上帝！"男孩下意识地发动了摩托车，"雷霆被放出来了！"

摩托车那台125排量的发动机发出一声如同一战时期手榴弹一般的爆破声，便开始运转起来。

"嘿，你在干什么？你疯了吗？"安妮塔喊道。

杰森有些歇斯底里地看着女孩并喊道："快打开栅栏，快打开栅栏！"

开关距离安妮塔仅有五步之遥，女孩这一边听到的是雷霆的叫声，另一边听到的是摩托车的轰鸣声，她自己也不清楚到底哪一边更糟糕一些，到底是乘着摩托车撞墙，还是被一头恶犬咬到。

杰森并未等女孩决定，而是收起脚撑，给足油门，摩托车如同一匹脱缰的野马从维修台上跳了下来。杰森紧紧握着手把，驾驶着摩托车在院子里划过一道月牙形的弧线，激起了无数砂石和尘土，而这一举动似乎也更加激怒了雷霆。

与此同时，安妮塔已经来到了开关的边上，她用力按下了开关，然后立刻转身跑向杰森，想要直接跳上摩托车。

"快上来！快上来！快上来！"男孩对着女孩喊道，同时掉转车头。

栅栏门不紧不慢地缓缓打开，而雷霆已经马上要够到摩托车的脚撑了，但是杰森似乎还不太能够驾驭这个大家伙，所以摩托的动作显得有些失控，这反而让大狗显得有些不知所措。

当摩托车经过闸门开关的平台时，安妮塔一下子跳上了座位，女孩清楚地看见在摩托的另一侧雷霆那张吐着泡沫的大嘴，她也顾不上那么多，紧紧抓住杰森的脖子，奇迹般地保持住了身体的平衡。

"抓紧了！"杰森喊道。

安妮塔不等男孩重复第二遍，抓住任何一样能够摸到的东西，使自己不被摩托车那强大的加速力量甩出去。

两人顾不得闸门只开到一半，全速驶向大门，身边的轮胎和其他废弃零件在视线中飞速向后移动着。

"一定可以的，一定可以的，一定可以的！"杰森嘴里如同在祈祷一般念念有词，安妮塔则紧紧盯着越来越近的闸门，越来越近，越来越近……

在摩托车冲出闸门的那一刹那，杰森的手肘差点撞到闸门的垂直铁栏杆上，但是不管怎样，两人确实做到了。

男孩回头看了一眼，身后只有一团黑烟，而在黑烟之中，一条庞大的身影紧追不舍，疯狂地吠叫着。安妮塔紧紧抓住杰森的后背。摩托驶上马路之后直接开向大海的方向，身后仍然紧跟着一条大狗。街道，纸片，破损的房屋渐渐都被甩远。

在第一个真正的弯道处，杰森的身体倾斜得有些太晚了，摩托在划过大半个圆弧之后，轻轻触碰了一下马路对面的街沿。

"你刚才还说你会开的！"

安妮塔看到马上要进入第二个弯道时喊道。

不过这次杰森放慢了速度，压低身体，令摩托车在水泥地上划出了一条完美的曲线，随即在过了弯道之后，男孩再次加足马力。"还有吗？"女孩紧紧抓住把手问道。

女孩回头望去，身后的道路弯弯曲曲一直通向镇上的房子，雷霆已经变成了远处的一个小圆点，无奈而又不安地望着他们。

"是的！"男孩回答说。

"你放松一点！"杰森告诉女孩说。

两人轻轻拂过岸边的石子路，转过了第三个弯道，在摩托车重新直

立起来之后，伴随着一阵咆哮声，小镇上的房子越来越远，同时海岸边的道路开始向上爬坡，径直通向灯塔的方向。海风吹在脸上令孩子们感到有些发疼。

在上坡上到一半的时候，安妮塔第二次回头望去：雷霆早已经不见踪影了。"它已经不见了！"女孩喊道，仿佛还不太放心似的，她又看了几眼，直到最终确定这是真的，才长舒了一口气，"没有了！你可以开慢一点了！"

杰森松开了油门把手，然后也朝后望了一眼。"我们终于摆脱它了！"男孩兴奋地喊道。

两人一言不发，享受着从脸上轻拂而过的海风，行驶在小镇南部的海边公路上。不一会儿工夫，摩托车到达了灯塔前的最后一个弯道：再向前去就是通往红白色灯塔的一段鹅卵石路了。杰森放慢速度，缓缓驶上石子小路。

突然刮来一阵风，扬起了地上的尘埃。海面上的船只大部分都是出海去寻找被洪水冲走的村民的，空气中传来了伦纳德豢养的那匹母马的味道。

杰森将摩托车停在了白色灯塔和伦纳德以及卡利普索居住的矮房子中间，然后他轻轻地拍了拍摩托车的坐垫，满意地笑了。

安妮塔的双腿直打哆嗦。"你这个白痴，科文德！"女孩一边说着，一边将自己的脸颊紧紧贴在男孩的背后。

灯塔的下面，一个大浪打在了山崖上，溅起了一阵白色的浪花。

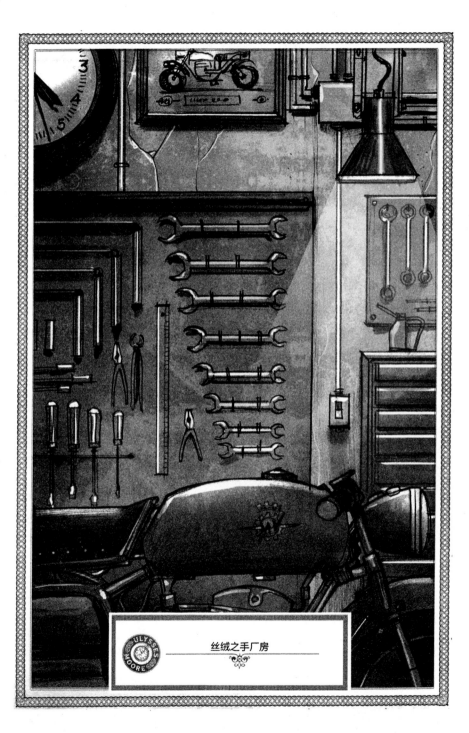

丝绒之手厂房

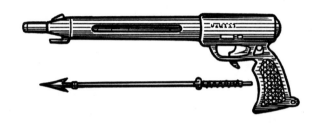

第十六章
相同的武器

灯塔里螺旋向下的楼梯十分潮湿阴冷，四周的石膏墙壁常年在海风的吹拂之下早已经斑驳不堪。杰森快步走下阶梯，来到了伦纳德存放工具的地下室。这是一个圆形的房间，直径大小和灯塔相同，有两扇门：一扇通向杰森他们下来的那个楼梯，而另一扇则紧闭着，位于正对面。

杰森来过这里多次，所以对于自己呼出的气很快结成白雾早已见怪不怪，无论外面的天气如何，这个房间里始终冰冷刺骨，仿佛从那扇紧闭的门缝里不断有冷气吹出一样。

杰森来到了伦纳德自己打造的架子边，很快扫了一下上面的物品，然后伸手在潜水服、氧气瓶、脚蹼等东西之间寻找着什么，最后，他在

一个空气压缩机后面找到了一台已经生锈的设备。"在这里。"他自言自语地说。

男孩来到一个用皮带封住的木箱子边半跪下来，拨开了用来固定盖子的粗铁片，然后费劲地掀起盖子。当他最终打开箱子的时候，头上已经渗出了冰冷的汗水。不过男孩感到很欣慰：因为他找到了潜水用的鱼枪。

他拿起一把在手上，然后从背面的凹槽中插进铁箭并扣动扳机。铁箭带着呼啸声弹射出去，落在了几米之外：这把枪气压不足了。

接着男孩拽着绳子收回铁箭，然后拿其他几把鱼枪试了一下，他一共找到了两把气压比较足的鱼枪，并将另外两把气压不足的放在了空气压缩机的边上，杰森看了一眼空压机的气压表，然后打开了设备，这台陈旧的机器呛了几声之后终于还是发动起来，马达的轰鸣声充斥着整个房间，男孩模仿着瑞克吹着口哨，为每一把鱼枪充足了气。

在做完这些工作之后，杰森再次转向木箱，检查在底下摆放着的一个个包裹，然后取出了十来枚用来安装在铁箭上的箭头。伦纳德的箱子里有着各种各样的箭头，有的是圆头的，有的是尖头的，有的是双头的，有的是三头的，如同海皇手中的三叉戟一般，还有一些则被打磨得十分锋利，像刀子一样。

杰森取出了最锋利的几枚，感到背后一阵发凉：不过这次不是因为门缝中传来的寒气，而是因为他想到了用这些武器在湛蓝色的大海中捕鱼的场景，又想到了现在他们将要使用这些箭头……来作为武器。

"也许这不是一个好主意。"男孩有些犹豫地心想，但是当他回忆起鲍文医生取出手枪的场景时，他还是完成了自己的工作。

当杰森关掉空气压缩机的时候，整间地下室里突然一片寂静。杰森

如同一位猎人一样警惕地向四周看了一圈，手里握着一把鱼枪，并将另三把鱼枪挎在身上，然后他缓缓走到那扇透着寒气的门边，将脸颊贴到了冰冷的门板上。

皮肤贴在木头门板上的感觉如同贴在铁板上一样，男孩侧耳倾听：他仿佛听到了从时光之门的另一侧传来的声音，有时候又仿佛听见了敲门声。

"杰……森……"一个若有若无的声音喊道。

由于距离太远，这个声音显得非常模糊，男孩下意识地握紧了手上的鱼枪。

"杰……森……"那个声音再次喊道。这次的声音近了不少，而且……并不是来自门的另一边，而是从他的身后传来。

男孩一下子离开了门板，向后看去，那扇通向楼梯的门被突然关上了。

"安妮塔？"男孩问道，"你还好吗？"

"杰森，"女孩第三次喊道，"那匹马好像发疯了！"

杰森不等她再重复第二次，立刻两步并作一步跨上了阶梯，冲出了灯塔：安妮塔就站在门口，指着马厩，只见伦纳德的那匹马不停地嘶叫着，并且疯狂地用马蹄蹬着地面。

"到底发生了什么事？"杰森问道。

"我也不知道！我什么都没有做，接着，突然它就这样了……"

杰森跑向马厩，望向大海：远处的天空阴沉沉的，看上去像是暴风雨快要降临了。又是一个大浪重重地砸在了崖壁上，发出了骇人的声响。

"不祥的预兆，"杰森心想，"真是不祥的预兆啊！"

托马索·拉涅利·斯特拉姆比感到脸上似乎被什么东西刺了一下，

他睁开眼睛，看见一只螃蟹就在面前。

这个红色的小家伙正在用自己的螯测试着男孩鼻子的硬度。男孩眨了眨眼睛，这才发现自己并不是在做梦，他一下子抬起头来，害得小家伙滚到了几米远，然后悻悻地离开了。

"海滩！"托马索心想，"我被冲到海滩上来了！"

他站起身来，或者说他尝试着站起身来，随即双脚立刻陷进了松软的沙子里，海浪直接没过了他的脚踝。

男孩感到身上很冷，他的两只鞋子都已经不见了，从头到脚也都已经湿透。

这里到底是什么地方？

他向前走了几步，迷茫地看着四周，发现原先他扒着的那个行李箱就漂浮在距离他不远的地方，上面覆盖着一层深绿色的海藻。

托马索抹去了脸上的沙子。远处的海平面上天空泛着深紫色，阴沉沉的，而在另一边则是一排长长的山崖，山崖的顶上是一座灯塔。

男孩转过身来，抬头向上望去，就在距离沙滩几米远的地方矗立着一座峭壁，二十、三十、四十来米的垂直距离。

他一下子就看到了从阿尔戈山庄蜿蜒向下的阶梯。

"萨顿山崖……"

男孩简直不敢相信自己的运气，兴奋地在沙滩上欢呼起来。海浪居然将他带回了基穆尔科夫！

但是他兴奋的劲头还没有持续几秒，一阵强烈的咳嗽就令他几乎无法呼吸，男孩被冻得牙齿直打哆嗦，湿漉漉的衣服时不时地贴到身上，如同一个冰冷的手掌一样。

他究竟在海上漂了多久？男孩看了看自己的手指，一些海藻已经深深地嵌入了指甲里，轻轻一碰就会疼痛难忍。

"不管怎样，总算是得救了！"男孩心想。他再次感觉到了兴奋冲上了头脑，不过他压制住了自己呼救的冲动，因为眼下他有几个问题急需解决：寒冷、衣服和鞋子。

他又咳嗽了几下，这次比刚才更加猛烈，男孩的双脚仍然深深埋在沙子里。

"好吧，先冷静一下……"他似乎可以顺着阶梯爬上山崖，去向杰森或是内斯特要一套替换的衣服，这是一个不错的想法。但是身上的湿衣服在海风的吹拂下紧贴在皮肤上，令他感到越发寒冷。

把衣服脱掉之后光着膀子跑上悬崖？这可不是什么好主意。

正当他犹豫不决的时候，他不自觉地走到了将他驮到沙滩上的行李箱边，这个行李箱虽然有些旧，但是看起来做工相当好，也非常坚固，说不定还是防水的。

托马索在行李箱前蹲下身子，正好一个海浪打来，溅得他一身水花，男孩用尽了最后的力气，将行李箱拖到了海浪打不到的干燥沙子上。

行李箱上有一个密码锁。男孩想起自己之前在某本杂志上看到过一篇文章，说是绝大部分旅行箱的密码都很简单，因为箱子的主人自己也很怕忘记密码，所以一般会用一些最简单的数字来作为密码。

眼前的这个密码锁由四位数字组成，男孩尝试着转到一、二、三、四，然后又尝试了四、三、二、一。箱子应声而开。男孩如同打开了一个宝箱一般，对于自己的聪明感到扬扬得意。

箱子的两侧分别有两根绑带呈 X 形用来固定，所以大部分衣物仍然保持着整整齐齐的状态。托马索伸手在上面摸了一下，高兴地发现还是干的，一点都没有沾到水。

他从箱子里先取出了一把伞，长长的，黑得发亮。

"这个箱子的主人是一位燃烧者俱乐部的成员！"他一下子意识到。

他掂量了一下这把伞：十分沉重，伞柄很长，同时黑色的伞尖散发着恐怖的气息。男孩很清楚只要按动机关，从伞尖里就能够喷出长长的火焰。

他将伞先放在了一边，然后继续在箱子里翻找着。要是换作平时，如果让他穿一个陌生人的衣服的话，他一定会觉得十分尴尬，但是此时此刻他已经将这些都抛之脑后了。

一件黑色的背心，又是一件背心，一件衬衫，男孩打开衬衫比了一下尺寸：比他的身材略微大了一点点，于是他很快穿上了这件衣服。另外他还找到了一条黑灰色格子裤子，在将裤腿卷起一些之后他也顺利穿在了腿上，除此之外，他还找到了几双厚羊毛袜子和一双低帮便鞋，男孩在套上了两双袜子之后终于得以穿上了那双鞋子。

此时此刻，尽管他打扮得和敌人一模一样，但是干爽柔软的衣物还是带给了他无穷的舒适感。

男孩满意地擦了擦自己的双手，准备合上箱子，而正在这时，他注意到了在箱子底部的一些纸张。

他取出了纸张，低头看了一眼：似乎是一些手稿。

前四十页都是用打字机打印出来的，而之后的内容基本都是用手写的，字体工整，精确，几乎没有涂改。

在首页上写着这样一句话：我心飞翔。

而在这句话的下面一行则被用力地涂抹掉了，不过托马索还是依稀能够辨认出一些单词。"沃尼克？不是吧？"

这时，一个大浪席卷而来，几乎再次将他浇湿，男孩在最后一刻手中紧紧拿着那些手稿躲开了海浪，随即他在那把黑色雨伞被海浪卷走之前也将其取回。最后，男孩抬头看了一眼通向阿尔戈山庄的那条蜿蜒而上的阶梯。

　　看来这一切并不是偶然的，他能够找到这件行李箱一定是命运所使。

　　男孩心中想着，朝着山崖跑去。

地下室

米纳索灯塔

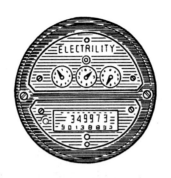

第十七章
白雪公主行动

一辆红色的奥古斯塔 MV 125-S 行驶在基穆尔科夫的街道上。

杰森和安妮塔几分钟之前刚离开山崖上的灯塔，心情如同天气一样被迷雾所笼罩，伦纳德所豢养的那匹马最后时刻的那种表现让两人深深地感到不安，所以一路上两人都一言不发，各自想着自己一天以来所经历的各种奇怪的事情，自己的朋友和家人，以及等待着他们的危险。

摩托车最终停在了蜂鸟巷一处房子的蓝色栅栏前。

在围栏的另一边是一片修剪得十分整齐的草坪，中间有一条白色的石子小径。在草地上，四散放着至少十二尊小矮人石像，位于朝着山谷的方向那里竖立着一台秋千，在窗户的上方安装着白色的亚麻遮阳棚。

 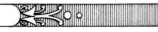

"这里看上去也没有那么可怕嘛……"安妮塔摘下头盔说，两人之前在灯塔的地下室里也找到了几顶头盔，于是就觉得先借用一下，虽然这样一来他们的装束看上去有些过时，不过一切为了达成目的也就顾不得那么多了。

"先等等，别看里面。"男孩提醒说，他的头上仍然戴着头盔，沿着栅栏弯腰前进，仿佛担心自己随时会被人射击似的，他调整了一下背上鱼枪的位置，然后迅速打开了大门的插销。

天空中传来了阵阵闷响。

两人来到了房子边上，四周一片寂静，能够很清晰地听见远处的隆隆声。两人很快找到了被厚厚的玻璃封住的地下室透光口，并用手指敲了敲玻璃，很快得到了地下室的回应，茉莉娅和瑞克仍然被困在里面。

杰森打量了一下开口的玻璃，但是很快意识到即便他能够砸碎玻璃，这个开口也太小了，小伙伴们不可能从这里出来。

"我们得进入屋子里……"他决定说。

"怎么进去？"安妮塔问道，"看上去这里所有的门窗都关着。"

"既然是这样，"杰森胸有成竹地说道，"我们可以实行白雪公主行动。"

几分钟之后，两人手举着"生气鬼"（译者注：七个小矮人之一）的石像来到了起居室的窗口前。

"如果是我的话，就选'万事通'（七个小矮人之一），或是'糊涂蛋'（七个小矮人之一）。"杰森一边举着，一边抱怨说。

"是你让我选的，所以我就选我喜欢的咯。"安妮塔反驳说。

"好吧，生气鬼就生气鬼了，行动！"杰森亲吻了一下小矮人石像的额头，然后用尽全力将它扔向窗户。杰森和安妮塔两人一屁股坐在了

 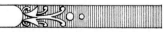

地上，而石像则将玻璃窗砸得粉碎，落在了起居室的地板上。

两人等了很长时间，直到确定没有出现任何异常情况，也没有警报响起。

然后杰森拨开了挡住眼睛的头发，从地上站了起来说："我们进去吧，当心地上的玻璃。"

两人手牵着手跨过窗台，进入了屋内，并将鱼枪放到胸前。两人踮着脚尖穿过了鲍文医生的那间提洛尔式起居室，然后绕过几把木椅子，来到了厨房。

杰森打开冰箱，然后用鱼枪支撑着门，伸手从里面拿了很大一块乳酪出来放进嘴里。

"嗯……"男孩就这样在女孩的注视下发出了满足的赞叹声，"我觉得我好像都已经快一个星期没吃东西了，你要吗？"说着他将自己咬剩下的半块乳酪递了过去。女孩假装生气地拒绝了之后，男孩耸了耸肩，将剩下的乳酪全部塞进了嘴里。

两人来到了楼梯口之后，清晰地听到从楼上传来的沉重的呼吸声，就好像有人在二楼呼呼大睡一样。

"看！应该在这边！"安妮塔指着地上的泥脚印对杰森说道，两人小心翼翼地走到了地下室的门口，手中的鱼枪一直在微微颤抖。

门后向下的阶梯一直通向黑暗之中。

在两人的左侧有一个开关，安妮塔按下之后，在楼梯中间的一盏日光灯伴随着电流的吱吱声亮了起来，照亮了空荡荡的楼梯间，不过仅仅在几秒钟之后，日光灯又灭了。

两人又试着按了几下开关，不过很快他们决定放弃。

看来地下室的日光灯已经坏掉了，要不就是屋子里的电源跳闸了。

在二楼睡觉的那个人的呼吸声似乎更加沉重了。

孩子们慢慢地走下楼梯，地下室慢慢从黑暗之中浮现出来，当眼睛适应了周围的环境之后，两人勉强能够分辨出四周的物体。地下室十分潮湿，弥漫着一种古老的气息。

在楼梯间的另一侧有一扇巨大的门紧闭着。"他们应该就在那里面。"安妮塔说。

当灯突然熄灭的时候，茱莉娅被吓得叫了起来。

从刚才开口处传来了敲玻璃的声音之后，女孩就显得十分焦躁不安，困在这个潮湿的地下室里令时间过得十分缓慢，同时也加重了她的咳嗽，此时此刻，她已经迫不及待地想要离开这里了。

与此同时，瑞克将白板上的便签一张张撕下来放进背包中，与刚才在冰箱里找到的那个白色海螺放在一起。

在跳闸之后，两人迅速陷入了恐慌的情绪之中。到底发生了什么？灯是因为杰森和安妮塔的关系灭掉的吗？还是他们关掉的？

排气扇的嗡嗡声突然停了下来，冰箱也同样停止了工作。

瑞克试着推了一下那扇门，但是门和之前一样纹丝不动：在某个地方一定有一个机械开关，瑞克对着女孩说，但是女孩此时却如同是一头笼子里的老虎一样走来走去。

"我快要透不过气来了。"女孩停下脚步说。

情况当然没有那么严重，不过瑞克必须承认房间里比之前要闷了不少，地下室很小，没有出口也没有其他的缝隙，整个室内的空气循环全部借由那台排风扇来完成。

"他们很快就会来帮我们开门的，"男孩满怀希望地回答说，"你先停一下，拜托了。"

"我做不到。"茱莉娅说着，又开始来回走动，同时每隔三步便会咳

嗽几声。

瑞克叹了口气，然后开始继续刚才灯灭掉之前的工作——撕便笺。

突然，有人在外面轻轻敲了几下门，吓得两人几乎跳了起来。

"杰森，安妮塔！"两人紧贴在门上异口同声地说。

同时拼命地从内侧敲门。

门的另一边再次传来了敲打的声音。

"你们能听见吗？"远处传来了一个细微的声音。

是杰森！

"是的！我们在这里！快帮忙开一下门！"茉莉娅扯开嗓子喊道，但是随即她立即弯下腰咳嗽了十来下。

两人听见了一阵奇怪的动静，几下闷响，然后是一阵嘀嘀嗒嗒声，如同有一根轴正在旋转一样，然后便停了下来。

随后门被用力地拉了一下，两下。

但仍然纹丝不动。

门外，刚才的那个声音再次传来。

"门被锁上了！"外面的人说道，"应该需要一个密码！"

"什么密码？"瑞克问道。

"数字密码！"杰森回答说。

"哦，天哪！"茉莉娅背靠着门慢慢滑坐到地上，"这下完了，我们跑不了了，肯定会死在这里的！"

"你用保险箱的密码试过吗？"瑞克并没有理会女孩。

"我第一个试的就是这个，上面的转盘转动之后，位置被重置了。"

"现在是出现了不同的数字吗？"

"是的：十二、十和四。"

十二、十、四……这三个数字之间一定有着某种联系……到底是什

么联系呢？

"这下完蛋了。"茱莉娅将头埋在自己的双手之间。

"我们得仔细分析一下！"瑞克鼓励女孩说，事实上对于自己同伴的这种表现他也开始感到了些许不满。

"我为什么要去分析？一共就三个数字，怎么分析？"

瑞克深深吸了一口气，然后蹲在女孩的身前，轻轻抚摩着她的头发。"鲍文医生非常喜欢猜谜游戏，"男孩温柔地说，"所以密码的数字组合不可能是随机的。"

这时门外再次传来了嘀嘀嗒嗒声，然后是轴的转动声，弹簧卡扣声，接着门又被拉了一下。

瑞克赶紧贴到门上问："发生什么事情了？"

"我试了试另外三个数字。"杰森回答说，"每个数字除以二，所以是六、五和二。"

不过看来似乎并没有成功。

"那现在显示的是哪几个数字？"

"仍然和刚才一样！"杰森在外面喊道，"十二、十和四，就好像是一个口令一样。"

瑞克的嘴唇动了一下。"等等……你刚才说什么来着？一个口令？我好像在哪里听到过这种将数字比作口令的说法？茱莉娅，你有想到什么吗？"

女孩摇了摇头问道："没有，我应该知道些什么吗？"

瑞克双手抱着头说："我肯定在什么地方听到过这话，我确定！而且就连数字好像也是一样的：十二、十和四……好像是小孩子们玩的智力游戏，你确定什么都想不起来吗？"

"瑞克，你在说一件只有你自己才知道的事情！"茱莉娅有些绝望

地回答说。

"等等，我想起来了！如果我没有记错的话，斯黛拉老师曾经在课堂上提到过这几个数字，当时她讲了一个故事……一个警察想要进入一个罪犯的老巢，但是进门之前需要向看守说出口令，于是他就躲在场所的外面偷听其他人进入时说了些什么。第一个人来了之后，看守说'十二'，那人回答'六'，然后就进去了，第二个人来了之后，看守说'十'，那人回答'五'，然后也进去了。"

"口令是提供数字的一半，但是杰森已经试过了，不对啊！"

"事情没有那么简单！当警察过去的时候，看守对他说'四'，警察回答'二'，但是看守却把他给踢了出来，你知道为什么吗？"

"不知道。"茱莉娅说。

"我也不知道，"瑞克沮丧地说道，"我把原因给忘记了！我记得这个故事，却忘记了它的答案！"

接着男孩将这个故事讲给了杰森和安妮塔听，希望他们也许能够想起些什么。

"这样说来，我好像也曾经听到过这个故事……"安妮塔回忆说，"而且我还记得这个故事的题目好像叫'口令单词'或是'数字单词'之类的……"

茱莉娅好像一下子明白了什么似的。"对了，没错！"她掰着手指算道，"瑞克，让杰森输入六、五，然后是……七试一下！"

"为什么是七？"瑞克问道。

"因为这里的数字并不是简单的数字！它们也是单词！"女孩一扫之前的阴霾情绪回答说，"十二这个单词有六个字母，十这个单词有五个字母……而四这个单词有七个字母！所以是七而不是二！"

"杰森！"瑞克对着门大声喊道，"也许我们知道答案了！"

只听到门的另一侧再一次传来了一阵阵嘀嘀嗒嗒的声音，接着伴随着一声金属撞击的声音，某个地方的机关启动了。

厚重的防盗门打开了。

第十八章

计划

四个人影离开了蜂鸟巷的那幢房子，并且借走了屋子鞋柜里一双艾德娜女士的鞋子和一双表面上装饰着白色皮毛的短靴，这双短靴现在就穿在瑞克的脚上。

"你的这双新靴子看上去有点猥琐……"杰森一边将鱼枪递给别人，一边随口说道。

孩子们也没有多说话，一起走向了乌龟公园所在的那座山，只为了找一个清净的地方能够好好商量一下。

他们跨过了一座矮墙，爬上了一个石头斜坡，来到了这座古老的公园里。

孩子们坐在了地上，头顶上纵横交错的树枝阴影让他们感到了一种

安全感，常春藤爬在古老的树干上，一阵微风吹过，树叶发出了沙沙声，绿色的草地如同波浪一般轻轻摆动，自然的力量让孩子们感到了一种精神上的平静。

接着他们开口说话了，先是一个一个轮着来，但是没多久大家就开始相互打断，同时发言，争论不休了，没有任何成效。

"等等！这样不行！"终于，茱莉娅再也无法忍受了，"我们到底从哪里开始说起？"

"先从医生开始！"杰森率先回答说，"他才是整件事情的始作俑者！而且，据我们所知，我们好像是唯一看穿他的人，我也不清楚他到底是怎么得到这些的，"男孩指着放在自己脚跟前的草地上，装有钥匙的盒子说，"而且也不知道他到底想要干什么……"

"我们得赶紧通知内斯特。"瑞克建议说。

"是呀，内斯特，他跑哪里去了？"茱莉娅问道。

"这是我们率先要解决的问题。"杰森说。

遗憾的是孩子们没法打电话给他，因为整个小镇的大部分电话线路都已经瘫痪了。

"我建议我们先回一趟阿尔戈山庄。"杰森说道。

"我不同意，"安妮塔反驳道，"我觉得我们应该直接去小镇上，我们已经很长时间都没有别人的消息了，而且内斯特的背包既然落到了鲍文的手上，很有可能他也在镇上。"

所有人都沉默了，确实，眼下只有瑞克的妈妈是已经确定无恙的，因为杰森和安妮塔在诊所附近见到了她，而其他人都好像凭空消失了一般，包括那几个燃烧者俱乐部的成员。

杰森捡了三根树枝放在自己的身前作为备忘："寻找其他人，揭发鲍文，还有呢？"

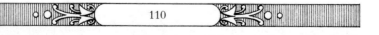

瑞克从背包里取出了一堆从地下室的白板上撕下来的便笺纸，为了避免遗漏，他把所有的便笺纸都装进了背包里，此时他将这些字条和那个白色的海螺一起放到了钥匙盒子的上面。

"还有这个……"他说道，"正如刚才我们所说的，鲍文医生似乎一直在关注着两件事：一个是睡不醒的弗莱德，医生觉得他应该没有主钥匙，另一个就是阿加缇，医生觉得在那里应该能找到自己想要的答案。"

"他在至少十张便笺纸上写下了'阿加缇'和'寻找答案'的字样。"茱莉娅补充道，女孩的脸色苍白，看上去刚才那惊险的一幕让她受惊不少。

接着每一个孩子都仔细看了看那个海螺。

"很冷啊。"杰森看着自己湿漉漉的手说。这个海螺如同是用冰雪做成的一样，融化后变成了露水。

"在其中的一张便笺纸上这样写道……"瑞克迅速地翻着便笺，"那张纸呢？啊，在这儿：要去阿加缇的话，记得带上雪之海螺。"

众人看着这张字条一言不发，阿加缇是一个虚幻旅行地的名字，只有通过时光之门才能够到达，而且他们之中还没有人去过那里。在尤利西斯·摩尔的笔记中不建议去那个地方旅行，而且提到了当地极度恶劣的气候，高海拔所造成的缺氧，那里的景色除了雪还是雪，即便有阳光照射，冰雪也不会融化。有传言说那里有不少被冻死的旅行者，以及某些不知名的生物，冰川到了晚上会有人鱼的歌声，城市在阳光下若隐若现。

"他好像在计划着什么……"杰森翻着鲍文医生的笔记说道。

"这个是肯定的，问题是他的计划是什么？"男孩的妹妹问道。

孩子们没有答案，但是他们在鲍文医生家里找到的关于虚幻旅行地、时光之门以及主钥匙的信息令他们确定了一个想法，就是除了那个伟大的夏天时聚集在一起的孩子们之外，还有其他人知道时光之门的存在。

"小镇上还有谁会知道这件事情呢？"杰森问道，"而且，鲍文医生怎么会知道的比我们还要多？"

另三个孩子看着他，他们无法想象像医生这样理性和富有逻辑的人居然会使用时光之门。

杰森这时想起了他和安妮塔在药店的罐头里找到的那些药剂，这难道不正是鲍文医生至少使用过一次时光之门的证据吗？

"会不会是别人带给他的？"瑞克说道。

如果真是这样的话，那么问题会变得更加复杂，而显然孩子们目前要处理的问题已经非常多了。

"我建议我们分头行动，"最后，茱莉娅开口说道，"一组人去阿尔戈山庄确认一下内斯特的安全，并通知他关于医生的事情。"

瑞克点了点头补充道："并将钥匙物归原主。"

"你们两个可以开着摩托上去，"杰森说道，"瑞克，你会开摩托的对吧？"

红发男孩子再次点了点头说："那你们呢？"

"我和杰森可以去镇上。"安妮塔回答说。

听上去这是一个不错的计划。

"要是内斯特不在阿尔戈山庄，"茱莉娅开口说道，"或者医生在小镇上抓住了你们……"

安妮塔抢先挥了挥手上那本莫里斯·莫洛的笔记本说："我们可以用这个来保持联系。"

杰森针对交通方式又做了一些改善：他可以先带安妮塔去小镇上开始搜寻其他人，然后再折回来将摩托车交给瑞克和茱莉娅，让他们去阿尔戈山庄。

"然后我可以跑着去小镇上。"男孩最后说道，"我会留心别让人注

意到我的，因为……理论上说我现在应该还在学校组织的旅行中！"

　　杰森说话时的口气十分胸有成竹，所以另外三个小伙伴并没有说什么，而是直接从草地上站了起来。

第十九章
逃跑

杰森·科文德驾驶着那辆奥古斯塔125机车停在了小镇中心广场的边上，双脚踩在泥地里，双手紧紧握着摩托的手把。

他刚刚放下了安妮塔。

小镇看上去正在逐步恢复正常，圣·雅各布教堂的钟声已经停止了。积水正变成细流缓缓流向海边，镇上的居民们自发开始打扫街道，清理遗留下的泥土，海藻，书本残页和其他垃圾。广场和教堂成为了小镇的中心，人们聚集在这里交流信息并相互提供帮助。菲尼克斯神父竭尽全力指挥着救援工作，伤者被统一送往诊所那里。

但是鲍文医生似乎不见踪影。

杰森四下张望，脑子里装满了问题：不知道自己的父亲是否安然无

羞，尽管自己的母亲一定会让自己不要担心，还有内斯特呢？他现在怎么样了？他怎么会将装有钥匙的那个盒子放进自己的背包，而鲍文医生又怎么会得到这个背包呢？

杰森再次若有所思地望向教堂，他有太多的问题没有头绪，还有很多事情连想的时间都没有。

"鲍文医生还知道多少我们不知道的事情呢？"

他突然察觉到了一丝紧迫感，他知道安妮塔正在寻找他的爸爸和其他人，也知道不能就这样把所有的事情都交给女孩一个人来处理。托马索、内斯特、布莱克·沃卡诺、布鲁姆先生，所有人都需要他们的帮助。

幸好自己还有瑞克和茉莉娅能够分担一些压力。

也许他还有另一个重要的谜题亟待解决。

"鲍文医生到底还知道多少我们不知道的事情？"

杰森感到了肩上的担子，他再次抓紧摩托车的手把，但即便如此，这个问题仍然一直萦绕在他的脑海中。

答案，他需要答案。

"问阿加缇……"

男孩启动了摩托，沿着通向萨顿山崖的坡路向上驶去，几分钟之后他就要将摩托交给瑞克，然后再跑回这里找安妮塔。

"如果不这样做呢？"

毕竟只是离开几分钟而已，或者半个小时。

最多不超过一个小时。

安妮塔一定能理解，其他人也是。

毕竟他并没有放弃伙伴们，他只是去寻找自己需要的答案而已。

杰森的心跳得更强烈了：每当他要去做一件明知道错误的事情时都会这样。

男孩回到了蜂鸟巷附近停下了摩托。

然后他下了车，摘掉了头盔并交给了红发男孩，同时他将安妮塔的头盔递给了茱莉娅，扶着女孩上车并解下了自己的背包。

男孩接下来的动作近乎不假思索，他面向着大海把手伸进背包，这样一来他的妹妹和瑞克就不会看到。

男孩的手一下子就摸到了那个装有钥匙的盒子，他迅速打开了盖子，然后辨认出手柄的形状之后取出了一把钥匙并关上了盒子，然后他又摸到了一件冰凉的物品，也将它取了出来。

"杰森？那我们先出发了。"

杰森迅速将海螺藏进了衣服里，将钥匙放在了裤兜里然后转过头来。

正当男孩准备将包递给茱莉娅的时候，他突然想起了一件事情。

于是他伸手进背包，拿走了第三件物品，一件很小很珍贵的东西。

"拿走这个的话估计真的会让他们生气……"男孩怀里揣着莫里斯·莫洛的笔记本心想。

"那我们一会儿见。"杰森在自己的妹妹什么都不知道的情况下帮她背上了背包。

瑞克侧过头来说："任何人一旦有了发现就立刻通知对方。"

"成交。"杰森咬了咬嘴唇说道。

男孩挥着手同自己的妹妹和瑞克道别，相较于那辆中古奥古斯特摩托车，两个孩子看上去着实有点小。前一天他们还在骑着自行车！茱莉娅的状态看上去有点让人担心，不过杰森很清楚自己的妹妹会有人照顾的：

瑞克是一个非常负责任而且有头脑的男孩。

不像他自己。

他目送着摩托车沿着海边道路向上跑去。

这时太阳从云层中探出了脑袋。微风带来了小镇上查帕面包房里刚出炉的面包香味，男孩仿佛听到了一个声音喊道："大家快来尝一尝新鲜出炉的面包呀！大家快来尝一尝新鲜出炉的面包呀！"

这时他想起了在面包店的后面也有一扇时光之门。说不定查帕的老板也知道这事，或许基穆尔科夫小镇上的所有居民都和医生一样知道这件事。

一想到这种可能性，也就是镇上的居民都假装不知道时光之门，杰森就觉得异常胸闷。

答案，他需要一个答案。

男孩打开自己的背包，将刚才从茉莉娅那里取来的东西放了进去，然后他并没有跑向基穆尔科夫镇上，而是向着乌龟公园的方向出发了。

"对不起了，伙伴们。"男孩的这句道歉更像是说给自己听的。

第二十章
背叛

安妮塔走出教堂，看见云层边缘一条紫色的线条正在渐渐靠近地平线，她用手挡住了自己的双眼。太阳努力地从云层中间露出自己的光芒，就像是在和小镇道别一样。

女孩四下张望，但是却没有见到杰森的人影，也许是自己动作太快了，而杰森此刻正在从医生家跑来的路上。

说到医生，这里有许多人正在找他，却没人知道他到底去了什么地方。照顾伤员的工作就落到了品科瓦尔女士和她那个牙齿歪七扭八的儿子身上。

不过，由于小镇上仍然没有恢复正常，所有人都认为鲍文医生一定在别的什么地方有更紧急的事情需要处理。

　　考虑到教堂暂时被用作人员的集散地，所以安妮塔来到这里打探自己父亲和汤米的消息。但是由于威尼斯的男孩和布鲁姆先生并非基穆尔科夫本地人，所以镇上的居民似乎都无法从女孩的描述中辨认出他们，直到最后他问起了关于布莱克·沃卡诺的消息时——因为他很可能是自己的父亲最后见过的人，女孩才得到了些许线索。

　　好像布莱克在几个小时之前被带到了诊所，他看上去并无大碍，完全依靠自己的双脚走路。

　　而且，他不是一个人。

　　只要这一条消息就足够让女孩感到欣慰了，接下来的事情就很简单了，她很快就找到了自己所需要的信息：诊所位于广场的另一侧，基穆尔科夫的小镇不大，无论去什么地方步行几分钟就可以到达了。

　　"新鲜的面包出炉啦！快来尝一尝新鲜的面包啊！"从查帕面包房里传出了阵阵吆喝声，而里面的人群已经自觉排起了长队。

　　空气中弥漫着法式松饼、酥皮面包、奶油脆皮以及其他一些用法文来命名的甜品的香味。

　　安妮塔步履轻松地穿过广场，如果赌一枚硬币的话，她敢说一定会在查帕面包房见到杰森。

　　然而事与愿违。

　　女孩从人群中挤了出来，来到了广场上的那尊不存在的英国国王雕像跟前，也就是之前她从杰森的摩托上下来的位置。

　　还是不在。

　　"你到底去哪里了，科文德？"

　　安妮塔不知道究竟应该怎么办：是待在原地等男孩还是自己先去诊所？

　　正当她决定采取第二种方案并打算离开的时候，女孩注意到了一件

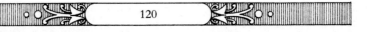

奇怪的事情：就在距离她不远的泥地上，好像有人用脚画了一个记号。

女孩定睛一看，好像是一个字母，一个大写的"S"。

在 S 的边上还有一些其他的字母，她走近之后才发现真的有人在泥地上写了一条信息：对不起，我不能回来了——J。

安妮塔站在原地不知所措，一下子无法理解这条信息的含义。

为什么杰森不能回来了？他们不是说好的吗？他会去什么地方呢？难道是和其他人一起去了阿尔戈山庄？

去干什么呢？

慢慢地，她觉得这也不是一件大不了的事情，只是有点失望罢了。杰森就这样丢下她，让她一个人寻找自己的爸爸，这一点让女孩伤心透了。

"你这个自私鬼……"安妮塔生气地抹去了地上的信息，"你还有你的计划，你的想法，你的冒险！"

事实上，安妮塔早就了解了杰森的性格，他总喜欢去做一些自己感兴趣的事情，至于其他人的想法乃至于伙伴的需求，他都很少关注。

"你还有很多路要走才能变得成熟，科文德。"安妮塔一边自言自语地说着，一边走向诊所，"比你自己以为的要更多。"

她的妈妈经常告诉自己只有当一个人不再只想着自己，而开始为别人着想的时候，这个人才会变得成熟。而不是那些所谓的计划、秘密、谜题和冒险！

"我需要你……"

女孩犹豫着是否要通知瑞克和茉莉娅，虽然杰森有可能和他们在一起。

还是像他一样自己去处理自己的事情？

她一边想着，一边走进了诊所。

　　在候诊室里她见到有些伤患躺在担架上，有些人为了给新来的病人腾出空间而艰难地让出自己的床位，比格斯女士带着一根输液管在房间里走动着。

　　这里急需人手帮忙。

　　这比什么谜题重要多了。

　　于是她暂时将杰森·科文德置之脑后。

　　安妮塔迅速在病床间走了一圈，寻找着自己熟悉的脸庞。辛迪正在睡觉，而她在镇上少数几个有过一面之缘的村民都无法告诉她关于布莱克，她的爸爸或是托马索的消息。

　　女孩一边打听着消息，一边尽自己所能帮着做些事情，她先是将一碗茶从诊所的一头端到另一头，然后又帮忙搬了一盒瓶装的生理盐水，之后她协助一位老奶奶坐到了轮椅上，再陪同另一位老奶奶去上了趟厕所。

　　最后，她见到了瑞克·班纳的妈妈，女士告诉她说见到了布莱克以及和布莱克在一起的那位先生。

　　"您记得在哪里见过他们吗，班纳女士？"安妮塔焦急地问道。

　　瑞克的母亲整理了一下耳朵后的一缕头发，深深吸了一口气，努力回忆着，她看上去很累。

　　"他们和医生在一起，"女士在停顿了一阵子之后说道，"不过所有人都安然无恙，这点我可以确定，他们之前一边走着，一边好像在谈论着些什么，然后，如果我没有记错的话……医生从那边的楼梯上楼了，接着我就……再也没有见到过他们。"

　　安妮塔谢过女士之后重新去给保温杯接了一点茶水（接水的地方就在贴着猫和狗常见病的画报底下），然后她沿着瑞克妈妈所说的那个楼梯上了楼。

二楼的过道边都是办公室，没有灯光，天空中的云彩越聚越多，过道里十分昏暗，仅有的些许从窗户里照射进来的阳光也时有时无。

但是过道里一个人都没有。

而且过道这就已经到头了。

女孩的面前只有一个房间需要检查了，房间外的牌子上写着：档案室。

安妮塔吸了口气。

又白忙活一场，这里根本没有布莱克、她的爸爸和医生的踪影。班纳女士大概是看错了。

女孩来到了档案室的门口，试着看看能不能开门，但是门被锁上了，女孩尝试着转动几次把手，却徒劳无功，于是她准备离开这里继续去别的地方寻找。

但这时女孩突然感到身上一阵鸡皮疙瘩。

她确定听到了轻微的呻吟声，而这声音正是来自门的后面。

女孩仿佛感觉到身上有无数只蚂蚁开始沿着自己的手臂向上爬。

她再次走到门边，想要听得更清楚些，并且又转动了几次门把手。

然后女孩轻轻地尝试着推了推门，就好像她不知道门被锁掉了一样。

窗外射进来的光线再次变弱。

安妮塔将耳朵贴到了门上，楼下各种嘈杂的声音显得更加明显了。

她弄错了，也许是疲惫和紧张令她的耳朵出现了错觉。

接着，正当她转身准备离去时，里面再次传来了声音："嗯……"

这次安妮塔确定声音来自档案室里。

"里面有人吗？"女孩凑到锁孔边问道。

第二十一章
房子里的精灵

在转过了萨顿山崖的最后一个弯之后，弗林特兄弟来到了阿尔戈山庄的城堡前，远处的天空看上去阴沉沉的。山庄外的大门敞开着，不过庄严肃穆的气氛仍然让人心怀敬畏。在他们的右侧可以看到波光粼粼的大海，而在另一边则是一条海边小路沿着草地一直通向康沃尔。在这里，他们只能够听见海浪拍打在礁石上的声音，海鸥的鸣叫声以及远处的一辆摩托车轰鸣声。

"多美的地方啊！"大弗林特感叹道，"说起来，我们还从来都没有来过这里呢！"

小弗林特狠狠瞪了他一眼："你在说什么哪，我们昨天才来过这里！"

"就是，"剩下的那位弗林特重复了一遍，"就在昨天！你怎么会不

记得呢？"

大哥眨了眨眼睛，有些犹豫不决地说："不是这样的！"

"你的弟弟还偷走了钥匙呢！"小弗林特有些歇斯底里地喊道，"你从山崖下去偷船了！"

大弗林特挠了挠头。"是的，但这些事情我们是在昨天晚上做的，"他辩解道，"我又怎么知道是在同一个地方呢？"

"你觉得在基穆尔科夫有几座像这样的山庄？"

"嗯，几座？"弗林特老二问道。

小弗林特不等别人回答（与此同时，大弗林特开始目光空洞地看着远方，嘴里不知道开始数些什么），率先走进了大门敞开的阿尔戈山庄。在进入了院子之后，他放慢了脚步。这里的气氛有些奇怪，就好像有谁躲在树后偷偷看着他们一样。

他抬起头，视线从左边扫到右边，男孩几乎确定自己看到了什么东西在动……一个人影，拄着拐杖的人影在树叶之间移动。

但是当他走近之后想要看清楚时，那个人影却又不见了，只剩下一根巨大的树干和随风摇曳的浓密绿色树叶。

小弗林特的视线从树枝转到了山庄的屋顶，然后又聚焦在了阁楼上。他清楚地感受到了一种威胁，眼前的这幢房子如同一头受伤的猛兽一样，随时准备用自己的利爪和牙齿来自卫。

一阵风吹过，百叶窗突然关上的声音吓了男孩一跳。树叶之间的天空颜色越来越暗，渐渐变成了紫色。

小弗林特哆嗦了一下，然后在院子里辨认了一下方向，他看到自己的两个哥哥在稍远一些的地方，这才意识到了自己在不知不觉中已经绕着山庄转了半圈。

不知道是不是男孩的错觉，他总觉得院子里的小路在他走路的时候

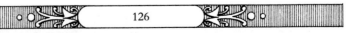

已经移动过了，为了不让他接近房子的正门。

这时他看到在距离自己不远的地方有一间存放工具的小屋子，躲在浓密的树荫下。

男孩走近之后透过窗口向内张望：

昏暗的房子里堆放着草耙、扫把和一个巨大的罐子，但是并没有人在里面。男孩突然听见身后一根小树枝的断裂声，以及一些树叶的沙沙声……他马上转过头来，感到仿佛再次看见了什么东西在动。

又是那个人影：一根长长的深色拐杖（或者是一把伞）在绿色的树叶之间凭空消失了。

然后，从屋子后出现了一个穿着一身皱巴巴黑色西服的男人：是剪刀兄弟中的一个人。

小弗林特抬起手来向他打了个招呼。会不会刚才见到的人影就是他？

黄毛也对着男孩打了个招呼，然后对着他看不见的某个人说道："孩子们已经到了！"

通向阿尔戈山庄厨房的那条门廊一片寂静，从那里看出去，山庄的阁楼留下一条长长的影子，如同一个日晷一样指着院子的大门，在院子外，基穆尔科夫的海滩看上去很遥远，在院子里树叶和灌木的遮挡之下甚至显得不太真实。

鲍文医生的车子停在了老园丁的小木屋外，和剪刀兄弟的那辆漂亮的阿斯顿马丁不同，这辆咖啡色德国车的生产年份可以追溯到柏林墙被推倒的年代。

医生在想办法要进入内斯特的小屋，而玛留斯·沃尼克（玛拉留斯·沃尼克）则双手交叉在背后慢慢地走向主房子。

当弗林特兄弟赶来之后，鲍文医生看了他们一眼。"哦，很好！你们就是我们的'劳动力'吧！"他高兴地说道，"快！我们得赶紧开始做事了！"

"可是……我们到底要做什么事情呢？"弗林特老二直接问道。

"这个，"医生一边说着，一边狠狠地踹了一脚小木屋的门，但是那扇门却仍然关着，"沃尼克博士，您觉得我们应该从哪里开始呢？"

沃尼克转身看了他一眼，挑了一下眉毛，然后再次转过身去看着阿尔戈山庄。

小弗林特耸了耸肩，然后走向了房子，但是有什么东西阻止了他继续向前，在窗子后的阴影里有着某种难以捉摸的东西。

他看着虚掩的房门，脑子里浮现出了一个画面：仿佛从门缝里会传出某个凶猛的声音，勒令他离开此地，男孩觉得自己后背有点发凉。

接着真的发生了一件不可思议的事情：不知道是不是风的关系，房门突然关上了。

小弗林特被吓得向后一跳。他几乎确定见到了什么东西在阿尔戈山庄的影子里移动着：还是那个鬼魅一样的身影，手里拿着一根深色的像雨伞一样的拐杖……

如同被一股不知名的力量操纵着一样，海上忽然吹来了一阵大风，将山庄二楼的窗户吹得砰砰作响。

阿尔戈山庄如同是一个乌龟一样，将自己的身体缩进了龟壳里保护了起来。

这幢房子是有生命的！有什么人或是有什么东西住在里面！

而他们不是受欢迎的访客！

第二十二章
古径

黄昏时分，天空中灰蒙蒙的，乌龟公园里回荡着阵阵嗡嗡声，如同一位耐心的管家正在准备用一顿精致的下午茶招待他唯一的客人一样。常春藤的枝叶沿着百年古树的粗大树干向上爬去，不知名藤本植物的枝条倒垂下来，像是窗帘一样，在海风中翩翩起舞。

杰森觉得自己此时应该是身处在一个古老的客厅里，只不过这里没有提花沙发，只有树枝和树叶，没有手端着茶杯的客人，只有经过了时间洗礼的古老树干。

男孩沿着小径继续向小山坡上走去，费劲地拨开无处不在的灌木。

他走过了一个已经干涸了的喷泉，又经过了一个用铁架和玻璃做出来的花房残骸，这里面曾经种过各种颜色和香味的热带植物，然后男孩

继续沿着松树林向上。

在深色的树干上，一块块长方形的小金属架子发出黯淡的光泽，在苔藓和野草占领整个公园之前，每一棵树上都有一块金属的铭牌，上面写着它们的名字。

在各条小径会合的地方，有一些爬满了藤蔓的雕像已经让人难以辨认：可能是泰坦，也可能是某些保护着大地的神明，不过它们的脸庞早已经被海风侵蚀殆尽，除了人物之外，还有长着翅膀的马匹，有着好几个头的恶犬、凤凰以及其他一些神话里的生物。

公园里仿佛充满着来自古老年代的笑声以及迷失的游客。这个公园已经关闭了很多年了，事实上在尤利西斯·摩尔来这里并且发现了地下洞穴时就已经被关闭了，因为据说由于这个公园是建在一个地底洞穴之上的，而且年代久远，所以地表的雕像和凳子都在随着时间的流逝不断下陷。

正是在这样的一个成人视线之外的地方，那个"伟大的夏天"孩子们聚集在了一起，也正是以这里作为起点，尤利西斯·摩尔和他的伙伴们开始了探索基穆尔科夫地下世界的旅行。

所以，这里作为一切开始的起点，来解决男孩最后的谜题是最合适不过了。通向阿加缇的时光之门，需要的是龙之钥匙。

杰森从来没有见到过这扇时光之门，但是他知道怎么过去：不久之前布莱克·沃卡诺曾经告诉过他，而且男孩在尤利西斯·摩尔的笔记中找到了更加准确的线索。

男孩强迫自己暂时先将安妮塔、瑞克和妹妹放在脑后，走过了三只乌龟的石像——同时也是时光之门建造者的签名，然后沿着一条被宽大树叶和红色地藓包围的小路向前走，耳边昆虫的嗡嗡声越来越大，仅有的阳光透过植被缝隙照射下来，在地上形成了斑驳的画面。

当杰森拨开树叶之后，最后来到了一个被柏树包围起来的如同一个神坛一般的空地上。

在空地的中间，如果不仔细看的话，很难发现这里有一个非常矮小的外形像脑袋一样的建筑，它长着一张恐怖的脸，如同撒旦和恶魔的结合体，两眼怒睁，表情狰狞，张着血盆大口，建筑上覆盖着一层厚厚的灰绿色苔藓，使得它和周围几乎融为一体。

杰森走到了张大的嘴边，由于年代久远，这里的植物几乎已经完全封住了入口，男孩在尝试着拨开植被的时候甚至弄伤了自己的手。

最后，在费了一番功夫之后，他终于搞出了一小块能够让自己通过的空间并走了进去。

在石像的里面，男孩看到了一扇古老的木门，而四周的情景却由于过于昏暗而无法辨认。

杰森走近了木门，伸手摸了一下，门的材质非常厚重，同时在门的表面上刻着相互通连的十一个圆圈。

这个图案他在另一个地方也见到过，就是在阿尔卡迪亚的那扇半成品的门上，他不知道该怎样完成那扇门，不过他打算去找到这个答案。他只知道或者说他觉得自己知道的是所有已知的时光之门都是坚不可摧的，所有这些门上的铰链都能够承受至少一头犀牛的重量，而且门所使用的木头全部都不怕火烧。

门锁使用的是一种不知名的金属制作的，上面的锁孔深不见底，通连着相当复杂的开锁结构。

除了主钥匙之外，每一扇门只对应一把钥匙能够打开它，杰森·科文德手上紧紧握着的就是这扇门的钥匙。

龙之钥匙。

杰森拿着这把钥匙仔细看了很久，然后才将它慢慢靠近锁孔。他想

起了鲍文医生在便笺上写下的备注，在这扇门的后面可能隐藏着所有的答案。

男孩回头再次看了一眼公园。

从石像的角度看出去，平地周围的一圈柏树如同哨兵一样，但是透露出一丝忧郁。也许在很久之前的某个时代，这里也生长着香气扑鼻的金色花朵、金色树木，森林里也流淌着由蜂蜜组成的河流。

也许这里也曾经是一个虚幻旅行地，当然，和别的地方一样。

杰森不再犹豫，他将龙之钥匙插进了乌龟公园里的时光之门，伴随着轻轻的"咔嗒"一声，门锁顺利打开了。

他推开门，走了进去。

男孩这次身处在一个潮湿的通道中，四周的墙壁是不规则形状的，通道有些微微向上，在黑暗中传来不间断的水滴声。

他的第一感受是寒冷，来自高山的那种刺骨寒冷。

杰森不知道等待他的到底会是什么，因此行动起来特别小心，直到他看到了在通道外面的一道狭窄的山谷。

男孩提心吊胆地走过洞穴的最后几米，在终于见到了外面的景色之后，他久久合不上嘴：在远处有连绵不绝白雪皑皑的山峰作为背景，一个闪闪发亮的小湖被巨大的石头环绕，在湖的后面是一座高耸入云的悬崖，悬崖的中央是一道深深的山谷，同时一道溪流沿着山谷注入到湖里。

在山谷的开口处有一幢石头建筑，上面挂着一些白色的旗帜，被风吹得哗哗作响。

男孩不假思索地向着建筑走去，因为看上去这是周围唯一有可能有人的地方。大约几分钟之后，他搓着双手来到了门前。

男孩敲了敲门，然后用手整理了一下头发，这才发现由于周围弥漫

着寒冷的水汽，自己的头发都粘在了额头上。

他等了一会儿，然后又敲了一次门，接着推了推门。

门开着。

房间里空荡荡的，只有一张孤零零的床和一个烛台摆在那里，从烛台上如同瀑布一般垂下一根根已经凝固了的蜡烛诉说着这里曾经长年有人居住。在墙壁上画着一个盘腿打坐的人，这令整个冰冷的环境多了一丝宁静。

房子里的床又硬又冷。

杰森决定不再在这里浪费时间了：从眼前的情况看来这里至少已经有好些年都无人问津了，显然他在这里无法找到什么有用的线索。

男孩走出了房子，裹紧衣服，然后走进距离他几米远的那道山谷。

这里最宽的地方在十来米左右，抬头望去，湛蓝色的天空呈现出一线天的模样，两侧的山崖至少有几十米高。

山谷中间的那条溪流令这里变得寒冷而又潮湿，随着杰森越来越向里走去，溪流的水声变得越来越响，直到最后如同飞机引擎的咆哮声一般。

杰森继续向前又走了几百米的样子，抬头望去，山谷的顶端两侧几乎都快碰到了一起，周围的崖壁光秃秃的，十分光滑。

在崖壁上，杰森偶尔会看到一些镂空壁龛，有些里面放着一尊雕像，有些里面残留着一些香烛燃烧之后的灰烬，有些则留下了干涸之后的蜡渍，除此之外，墙上用白色粉笔写着一些无人能懂的文字。

这个荒凉的地方或许是一个类似于神庙一样的地方。

杰森小心翼翼地在石头路上前进，他身上的衣服已经被水浸透，手指被冻得直哆嗦，额头上的汗一渗出来就变成了冰水。随着他不断向前，周围的空气变得越来越稀薄，杰森开始感到了呼吸困难，他必须大口吸

两口气，才能够获得足够的氧气，男孩觉得自己已经不是在走路，而更像是拖着双脚前行，如果他向前跳一步的话，就立即会感到头晕眼花而不得不停下休息。

在从山谷开口处向里走了大约三百米之后，男孩在两侧的崖壁上见到了一些白色的反光，不过他并不知道那到底是什么东西，还以为是自己看错了，就这样一直走到了小径的尽头。

他所处的这个地方看上去有点像是一个开放式的冰雪剧场，呈现出半个贝壳的形状，所见之处全部都是白色或是乳白色，积雪反射着阳光，让刚刚适应山谷里昏暗环境的杰森眼泪直流。

已经到尽头了。

面前的一堵巨大的冰墙上不断有水滴聚集起来向下流淌，并最终汇聚到那条溪流里，只有少数一些水流流向了积雪，随即不见踪影。这样的画面既壮观又可怕。

男孩尝试着想要爬上五个人高的那座冰台，却不小心脚下踢落了一块石头，石头坠落的声音在山谷之间被放大了数倍，并激起了数次回音。

男孩喊道："嘿！"

周围立刻响起了无数次同样的声音：

"嘿！嘿！嘿！嘿！"

直到这个声音渐渐远去慢慢消失。

"有人吗？"他的问题立刻被周围的山崖冰壁重复了多次，"你们能够听见我说话吗？我在找你们！你们在吗？"

"你们能够听见……你们能够听见……你们……你们……在吗……在吗？"

杰森又尝试了几次，直到他喊不动而一屁股坐到了湿漉漉的石头上。他抬头看着沿着冰壁从上而下的水流，冰台十分高，绝对能够让一

辆列车从下面通过。

男孩突然注意到，或者说他以为自己看到了在冰壁上留下的阶梯痕迹。

一些遗留的钉子和绳子，以及人工凿过的楼梯印子。

难道是一个被冻住的登山者？杰森摇了摇头，登山者的影子又消失不见了。

规则的孔位，梯子，通道，到底有多少人在尝试着跨过这座冰台时失去了生命？说不定就连那个伟大的夏天的小伙伴们也曾经尝试过，不然尤利西斯·摩尔怎么会在他的笔记本里写下这样的话：一个地狱一般的地方，除了寒冷还是寒冷，寒风能够直接割开一个人的脸庞。

杰森用手揉了揉自己的脸颊，这才意识到自己的脸都快失去知觉了。

他应该回头吗？也许这根本就不是一条正确的道路，也许这只是鲍文医生无数个骗局中的一个而已……

在脑海中闪过了各种各样的念头之后，男孩突然想起了自己带来的那个海螺，于是他从自己的背包里将瑞克和茉莉娅找到的那个海螺拿了出来放在身前，仔细地观察了好几秒：这个海螺形状有点像是一个小小的聚宝盆，又像是一个白色的巨大珍珠，让人忍不住想要对着它吹一口气。

"这真是一个疯狂的想法。"男孩费劲地伸直手指，将海螺捧到嘴边。

"反正随便试一下也没什么坏处。"

于是他吹了一口气。

海螺发出了一阵咝咝声，开始在冰壁之间回荡起来，很快，这个声音越来越响，渐渐成为了整个山谷里的回响。回声一层叠加一层，将一个简单的音节变成了一段旋律。

杰森停顿了一下，深深吸了一口气，然后在先前的回声散去之前再

次吹响海螺，这次更用力。整个冰雪的舞台上顿时犹如有一支交响乐队在演奏一般。

在用尽了肺里最后的一点空气之后，杰森放下海螺，侧耳倾听这段由回声组成的旋律渐渐被寒风吹散。

当四周再次恢复寂静之后，男孩十分失望。

他又吹了一次，又吹了一次。

但是什么都没有发生，于是，杰森垂头丧气地站起身来，准备向回走去。

他被骗了，如同一个傻瓜一样，也许现在根本就不是去揭秘基穆尔科夫的时候，他所使用的方法也不对。在来这里之前，他还有许多事情要做，他的伙伴们还需要他，比过来这里重要多了。

男孩低着头慢慢走着，双手不停拍打着身上，保持血液流通。

嗒，嗒，嗒。

从他的身后传来了一阵不易察觉的声音，如同一个金属的昆虫撞击着石块一般。

难道是自己的幻觉？

嗒，嗒，嗒！

又来了！这个声音到底是从哪里传来的？

男孩转身望去，看见有一样奇怪的东西正在冰上迅速向他的方向移动。形状看上去如同一只蜘蛛，但是要大很多，类似于一个铁架平台，利用铁爪在冰面上行走。

平台沿着裂缝慢慢向下。

亮铮铮的铁架平台上面不是空的，有一个人站在上面。

他身穿着一件带帽子的厚重毛皮大衣，只露出白白的大胡子。

杰森安静地看着他，不知道该说什么。那个铁家伙和它的驾驶员离

男孩越来越近。

最后它停在了距离杰森几米远的地方，铁甲上的男人说道："没有人告诉你要多穿些衣服吗？山里面很冷！"说完扔了一件披风给男孩。

男人等杰森接过披风并且颤抖着将它裹在身上之后问道："你能告诉我你的名字以及为什么呼唤我吗？"

"我叫杰森……科文德，"男孩有些犹豫地回答说，"事实上……我也不是很清楚呼唤你的目的！"

男人笑了笑——至少杰森是这么认为的：事实上，男人的脸和眼睛几乎完全被衣服上的帽子给挡住了："很好，不管怎么说你已经做到了，而我也已经来到了这里。"

"对不起，"杰森道歉说，"我……只是一个……寻找答案的旅行者。"

"你觉得能在这里找到你所需要的答案？"男人弯下腰来说道，他那被冻得硬邦邦的胡子在杰森的眼前晃来晃去，"这很正常，现在至少我稍微了解一点了。"

正当杰森打算问那个男人是谁以及他说的话是什么意思的时候，男人打开了平台上的围栏门说道："别浪费时间了，你上来吗？"

杰森也认同现在并非是刨根问底的好时机，于是他登上了金属平台的阶梯，然后静静等着机器启动。

"哇哦！"当机械爪开始动起来的时候，男孩忍不住赞叹道。

他紧紧抓住铁栏杆然后坐了下来。

"你不会晕车吧！"那个奇怪的男人在他身边问道。

随着机器越爬越高，杰森的呼吸越来越急促，同时寒风越来越刺骨。他们这是去什么地方？

"作为一个想要寻找答案的旅行者来说，杰森·科文德，你算是非常沉默寡言的了。"男人在半山腰的地方说道。

男孩笑着回答说："事实上我有太多的问题了，以至于都不知道该从哪里开始。"

大胡子男人朝着他低下了帽子，这才让他得以看到一对杏形的深色眼睛和微笑时露出的洁白牙齿。

"很好，来这种能够找到答案的地方，最好还是带着很多问题，你觉得呢？"

杰森不知道该怎么回答。"你叫什么名字？"男孩问道。

"这个问题的答案在我来接你之前是知道的。"男人回答说。

"那现在呢？"

"忘记了。"男人用手捋了捋自己那硬邦邦的胡子说道，"我们所有人在离开阿加缇之后都会这样。"

第二十三章
困境

在多次尝试之后，安妮塔终于使用她在红丝带诊所二楼的一个空房间里找到的工具打开了档案室的大门。

房间里黑漆漆的，并排放着三张床，女孩心里一紧，只见每张床上都躺着一个人，分别是内斯特、布莱克·沃卡诺，以及……

"爸爸！"她跑向床边喊道。

布鲁姆先生睁着双眼，但是却无法动弹，他的嘴被一块布给堵上了，当安妮塔取出了那块布之后，爸爸虚弱地笑了笑，然后轻声说道："我的宝贝……"

"爸爸！"女孩感到自己的双腿直颤，几乎无法正常发声，"爸爸！到底发生了什么？他们把你怎么样了？"

男人缓缓地摇了摇头，他的身上一片狼藉，那套西装已经完全湿透，上面还沾满了海藻和泥土。

"我……不记得……了……"男人费劲地从嘴里吐出一个个字，"我们原本……坐在……酒吧外面……然后……"

"是鲍文医生吗？"安妮塔着急地问道。

女孩的视线转向了边上正在酣睡着的布莱克·沃卡诺，然后又转向了另一张床上睡着了的内斯特。

他们三个人被关在这里而没有和其他伤员在一起，这绝对不会只是一个巧合。

同时她敢打赌，这三个人绝对不会是因为太累所以在这里睡着的。

他们是被人下了药。

"鲍文……医生……"布鲁姆先生继续说道，"我想起来的……是的……他好像……也在……我们……差一点……就成功了……"

"什么事情差一点成功？"

男人微微一笑，看着女孩低声说："安妮塔……"

"你什么都不记得了，对吗？"

男人缓缓摇了摇头。

"那你能起床吗？"女孩轻声问道。

她的爸爸尝试着挪动了一下身体，然后摇了摇头，他连让自己的肌肉动一下的力气都没有。"也许……过一会儿……"他艰难地说道，"对了，其他人呢……？"

"他们还在睡觉，"安妮塔抢先回答说，"你在这里等一会儿，我先去叫人，这样的话……"

"安妮塔……"女孩的爸爸气若游丝地喊道。

"什么？"

"安妮塔……我……很好……只是……有点困……"

"爸爸，我知道，你放心……"

安妮塔突然停了下来，她这才意识到鲍文医生是用什么方法让自己的爸爸和另两人变成现在这个样子的：安眠药剂，他们在药店里找到的那个！而此时要不是那个自私的杰森突然消失不见，并且带走了那个背包的话，女孩就可以用在药店里找到的解药来救他们了。

女孩感觉得到自己的父亲在自己的怀里十分虚弱，她脑子里此时一团乱麻。

"你……不要……管我。尽快……通知你的妈妈……告诉她……你一切都好！"

"妈妈……"这句话让女孩感到了一阵心痛。这些天来她经历了太多的事情：她走访了只会出现在小说和传说中的虚幻之地，差点在一个没有出口的迷宫里迷路，面对过如同噩梦一样的怪物，解开了各种谜题，经历过大水，遇见了阴险的医生，而在这一切之后，她甚至都来不及去想自己的妈妈。

"她一定担心坏了。"安妮塔内疚地心想。

爸爸给了她一个埋解的微笑："他们……告诉了我……关于笔记本的事情……"

这次女孩的反应显得有些吃惊："他们告诉你关于笔记本的事情了？谁？说了些什么？"

"我记得……也不是很清楚……"安妮塔的爸爸试着用手肘撑住转身，但是却没能成功。

安妮塔感到了一阵心酸。

"爸爸，也许你不应该……"

"你可以……让我看一下吗？"

　　"你说什么？"女孩对于这个请求感到十分意外，"笔记本？莫里斯·莫洛的笔记本？当然可以给你看！"

　　女孩有些担心地看了一眼睡着的另两人，然后又看了看门外，害怕鲍文医生突然出现。然后她取出莫里斯·莫洛的笔记本并将它交给了爸爸。

　　"啊……"她的爸爸说道，"就是它……"

　　女孩在爸爸的眼前打开了笔记本。

　　"我见到过另一本……和这本一模一样……"布鲁姆先生费力地说道。

　　安妮塔并没有太在意自己父亲说的话，而是迅速且随意地翻着笔记本，正在这时，她突然见到了在某一页上有一个正在逃跑的女人图案，想必此时"最后之人"也在看着笔记本。

　　"这个人叫'最后之人'，你看到了吗？"女孩耐心地解释说，"她住在一个非常遥远的地方，但是如果我把手放在这里的话……我就可以……和她通话了。"

　　女孩的爸爸笑了笑，安妮塔明白这并非是嘲笑，而更像是一种认同和理解的微笑。

　　"你在……和她说什么？"布鲁姆先生问道。

　　"我告诉她我正和你在一起。"安妮塔回答说。

　　"然后她说什么？"

　　"她说很高兴我能够找到你。事实上，她一直都……非常孤独……她希望我们能够帮帮她，帮她拯救她生活的小镇……在她死去之前。"

　　布鲁姆先生闭上眼睛，深吸了一口气。

　　"很好……"他最后面带着微笑说道，"你只要做自己觉得正确的事情……就好了……我的宝贝……不过……首先……记得向你的母亲报个

平安……"

安妮塔收起了笑容，静静看着再次昏睡过去的爸爸。

"好的，爸爸。"她温柔地说道，"我会的，一旦这里的电话重新接通之后我就打电话给她，我保证。"

她转身看了一眼另外两个人的情况：布莱克·沃卡诺大声地打着呼噜，而老园丁则呼吸十分平稳。

这时安妮塔突然想起了她的朋友托马索不知道现在怎么样了，要知道她的这个小伙伴可是从威尼斯一路跟着她来到了这个康沃尔的小镇上，不管现在他身处何方，女孩衷心希望他也能够平安无事。

最后，她在爸爸的额头上轻轻吻了一下，然后走出了房间。

第二十四章
阿尔戈山庄的幽灵

　　━━━个影子在阿尔戈山庄的各个房间里神出鬼没，先是在厨房里，然后又到了二楼，一直暗中观察着外面院子里发生的一切。

　　由于他的鞋子有点大，所以他的脚一直在地板上拖着，走路也有些不稳。

　　他的手上拿着一把黑色的长柄伞。

　　这是命运交给他的任务。

　　当他弄明白似乎这里将要发生一些很严重的事情时，他偷偷下了楼，锁上门，试图阻止这些入侵者。

　　但是显然他低估了弗林特兄弟：事实上，兄弟三人中最小的那个，已经爬到了百年桑树之上，并且找到了一扇打开着的窗户。

他爬了进去。

人影听见了小弗林特下楼的脚步声，于是赶紧躲到了阿尔戈山庄为数众多的雕像之后，只见到小弗林特在距离他不到一米的地方停下了脚步。

弗林特看上去有些害怕。

"他害怕了。"人影躲在角落里一动不动，心想。

只听见入侵者迅速从内侧打开了大门，然后又跑向了楼上。

他到底在害怕些什么？怎样才能让他更害怕一些呢？

黑影仔细回忆了一下自己在书上读到过的关于山庄的描述，并找到了通向阁楼的通道，然后灵活地爬了上去，游走在积满灰尘的古老家具之间。

最后他来到了百叶窗边，打开一条缝，从那里观察着院子里发生的一切。

下面的人似乎在谈论着放火烧掉房子的事情。

不能就这样让他们得逞。

但是这里的电话已经不能使用了，黑影没办法通知任何人。

在阁楼上有一个人偶穿着一件船长的外套。

托马索·拉涅利·斯特拉姆比取下了外套，然后迅速回到楼下。

弗林特兄弟已经擅自闯进了家里，他们低头看着脚下，慢慢走在阿尔戈山庄的客厅里。

在他们的身后跟着鲍文医生和玛拉留斯·沃尼克。而剪刀兄弟则留在了院子里望风。

"快点，孩子们！"医生喊道，"稍微专心点做事，可以吗？"

"您想要从哪里开始呢？"弗林特老二有些不耐烦地问道。

"我也不清楚……"医生犹豫了一下，然后说，"要不我们从藏书室开始！您怎么看，沃尼克？"

"你们想都别想，"玛拉留斯·沃尼克冷冷地说道，"那里我想要先看一下！"

医生有些无奈地说："好吧！但是请快一点，最多不超过十分钟，然后我们就一把火把这里全烧掉！"然后他一只脚踏上了最低的那格阶梯并对着孩子们说道："那我们就从客厅开始，你们把墙上的画全部取下来然后堆到这下面。"

"您确定知道该怎么做的，对吗，先生？"小弗林特有些担心地看了看四周问道。

"当然不知道！但是真正的'燃烧者'似乎并没有怎么出力啊！"

说完，鲍文医生往边上挪了几步，看了一眼正好从他身边走过的玛拉留斯·沃尼克，燃烧者俱乐部的头目双手交叉在背后，身形如同一个吸血蝙蝠，表情让人难以捉摸。

他始终一言不发，走到了弗林特兄弟的前面。与此同时，三个孩子已经开始动手将楼梯墙壁上挂着的画卸下来了。

小弗林特一边装着样子卸画，一边在山庄里东张西望，从他一踏进围栏的那一刻起，他就有一种非常不好的预感，而现在卸画的这个工作显然并不能让他摆脱这种感觉。

他看着墙壁上挂得十分整齐的肖像画，总觉得这些人在用一种无言的方式指责他。在楼梯的上部有一面镜子，这令他感到更加紧张，他看着镜子里的自己，竟然开始觉得镜子里的那张脸越来越陌生起来。

"你有没有什么……奇怪的感觉？"他对着正好经过他身边去卸另一幅画的弗林特老二问道。

"没有，"他的哥哥回答说，"为什么这么问？"

小弗林特长长舒了一口气，"一切都正常。"他对自己说。

一切正常，除了他们正准备放火烧掉一幢房子，而且这幢房子不是别人的，正是他暗恋的对象：茉莉娅·科文德的家。

"你刚才说话了吗？"他突然开口问道。

而男孩的两个哥哥正举着一幅画准备下楼："我们什么都没有说。"

"可是我确实听到有人叫了我的名字……"小弗林特坚持说。

接着他不再说话，而是侧耳倾听，房子里始终有着轻轻的嗡嗡声，风在窗外呼呼地吹着，时不时会有窗户摇动的碰撞声。

在这样的环境之下，一个奇怪的声音在远处低沉地喊着："弗林特……"

当小弗林特听见了自己的名字之后，脸唰的一下白了。"你们听见了吗？"他紧张地问道，"你们听见了吗？"

"我反正什么都没听到。"大弗林特耸了耸肩回答说。

"弗林特！"

弗林特老二一把抓住了大哥的手臂，害得他差点摔下楼梯。"我听见了！我听见了！"

这时，三兄弟害怕地紧紧抱在一起，四下张望。

但是那个声音似乎并没有停下来，而且开始用更可怕的语气说话了："弗林特！你在干什么，弗林特？"

突然，在二楼过道的尽头处出现了一个人影，他的脸隐藏在阴影中，下半身穿一条黑色的长裤和一双巨大锃亮的皮鞋，而上半身则是白衬衫和一件船长外套。

"你在我的家……里做什么？"那个身影喉咙里发出咝咝声，并且举起了一把头部带着火焰的雨伞。

兄弟三人此时的血液都快凝固了。

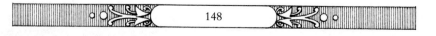

"是老房东！" 三人异口同声地喊道。

随即他们立刻连滚带爬地跑下楼梯，正巧踢翻了刚卸下来的一幅肖像画，玻璃碎裂的清脆声更加剧了三人的恐惧。

"有鬼啊！有鬼啊！" 三个孩子一边扯开嗓子喊着，一边飞也似的穿过一楼客厅，跑到了院子里。

他们从距离鲍文医生不到一米的地方跑过，然后抢着从围栏大门冲了出去。

阿尔戈山庄的二楼重新恢复了平静。

藏书室的房门伴随着吱呀的一声缓缓关上。

接着玛拉留斯·沃尼克走上了楼梯。

他向前走了几步，停在了镜子前，看了一眼刚才闹鬼的那条过道，然后又回头看了一眼楼梯下面。

这时他注意到了马库里·麦肯·摩尔的画像，正是他关停了早先的虚幻旅行者俱乐部，并且创立了燃烧者俱乐部，此时，他的画像在楼梯底下摔得粉碎。沃尼克的脸上浮现出了一种不屑的，满足的且恶毒的笑容。

燃烧者俱乐部的首领再次将双手交叉着放到背后，然后走进了通向卧室过道。他停在了杰森·科文德的卧室门口，然后对着房门说道："现在你可以出来了。"

回答他的只有地板和家具的吱呀声，男人继续说道："我知道你在这里，出来吧，我不想伤害你。"

沃尼克镇定地等在过道里，直到面前出现了一个身影：一个身材矮小的男人，脸隐藏在阴暗处，身穿着一件船长外套……手上拿着他的伞。

燃烧者的头目和幽灵就这样面对着面，一言不发。

"你可以吓跑他们，但是吓不到我。"

幽灵向前走了一步，露出了他的脸：他还只是一个孩子。

"你是……杰森·科文德？"

小男孩摇了摇头说："不是的，先生，我叫托马索·拉涅利·斯特拉姆比。"

"你手上拿着的是我的伞，托马索·拉涅利·斯特拉姆比。"沃尼克看着他说，声音显得有些不耐烦。

小男孩并没有后退，也没有将伞还给他，他似乎一直在等待着这个时机。

"我这里并不是只有这一件物品是您的。"男孩的声音里透出了一丝害怕。

说着他伸出手来，给燃烧者俱乐部的头目看了看手上的那些有些皱褶的手稿。

这一刻，玛拉留斯·沃尼克似乎不再冷静，他松开了一直交叉在身后的双手，伸手准备去接过男孩拿着的手稿。

同时，头目的脑子里充满了疑问：他的手稿不是和其他的东西包括汽车一起被海水冲走了吗？

怎么会跑到这个男孩的手上的？

"快还给我！"他有些生气地说。

托马索向后退了一步，举起手中的伞，威胁燃烧者俱乐部的头目不许靠近。

"先别着急，沃尼克先生……"男孩得意地笑了笑说，"我保证很快会还给您的，但是在此之前您得照我的话去做。"

藏书室

阿尔戈山庄

第二十五章
阿加缇

"我实在是弄不明白……"当机械平台来到了山崖的顶部时，一阵寒风直接吹在了男孩的脸上。

"有什么不明白的地方，杰森·科文德？"男人在他的身边问道，同时他的眼睛一直注视着地平线。白皑皑的雪地反射着阳光，而冰面上留下的一道道深邃的裂缝，如同是千年以来大地上留下的巨大伤疤一样。

杰森的双手紧紧抱着自己的身体取暖，说实话，他不明白的事情实在太多了，以至于他都不知道该从何问起。

"比如你刚才提到的忘记自己名字的事情……我就不明白。"

机械平台在经过一道裂缝的时候震动了一下，相较于之前的更强烈一些，接着它驶上了一条"小路"，所谓的小路其实就是雪地上一道深

色的痕迹。

"这件事情并不复杂，这是贤者之城——阿加缇的规矩。"陌生男人回答说，眼睛始终盯着地平线的远处。

杰森放眼望去，所见之处全部都是高山峻岭，一些山峰直穿云霄，肉眼根本无法看到山顶，大地全是白色和灰色的，一望无际。

"你也是贤者吗？"男孩又问道。

"我的智慧和我的胡子一样长。"男人回答说。

"我不是很明白……"

"你会懂的，年轻的旅行者，再过几分钟你就会懂的。"

这时，阿加缇突然出现在了视野里，就如同是从冰雪中冒出来的一样。它和周围山上的石头有着相同的颜色，同时城市的四周围着一圈锥形的护堤。城市看上去像是投射在石头上的倒影一样，伴随着距离越来越近，原本看上去像是一个个小方块一样的东西变成了一幢幢房子，高塔外围长着许多巨大的尖刺，远处看来像是裂缝一样的线条原来是房子之间的道路。

"阿加缇……"杰森被眼前的景色深深震撼到了，他站了起来说道，"太美了！"

雪中之城在阳光的照耀下笼罩在雄伟的光环之中，感觉上它和周围的高山有着同样悠久的历史，这里的积雪从未融化，城市和雪山共同见证了时间的脚印。

由于光线反射的缘故，男孩无法一直盯着雪中之城看，城市里房子和高塔相互交叠，闪耀着金色和银色的光芒。

两人乘坐的那个奇怪的交通工具在雪地上不停地前进着，直到距离建筑物很近的时候，原本地上的那条小路开始变成了深色的石头路，并

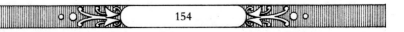

同时分出了多条通向不同地方的分支，石头路上还冒着阵阵水汽。

"我们到了，杰森·科文德。"金属平台在城门前停下之后，大胡子贤者宣布说。杰森看着眼前的景象，惊讶得合不拢嘴：这里并没有围栏，防护墙，也没有碉堡用来防御敌人，只有一片布满了深邃裂缝的冰川，缓缓呻吟着。

接着大胡子贤者指着一条贯穿城市主路的银线对杰森说：

"这就是谜题的答案，这里需要你自己的选择，你所看到的就是贤者之线，在线的另一边你能够找到你需要的答案，但是一旦你将来再次跨过线回去的话，你所知道的都会永远被忘记。"

杰森眨了眨眼睛，一副难以置信的表情。在他看来，贤者什么的应该是和自己没有太大关系的："但是我还是不太明白。"

"你是不能够同时身处在贤者之线的两边的。"神秘的大胡子男人耐心地解释道，"一旦你跨过线去了另一边，你会忘记你的一切，除了你想要知道的问题，而一旦你再次回到这边的话，你将会忘记所有在贤者之城找到的答案。"

"我会将所有的答案都忘记？"

"是的，正如我忘记了自己的名字一样，但是一旦我跨过这条线，回到了我生长的地方，我会再次回想起一切。"

杰森显得非常失望："那我来这里寻找答案的意义是什么？如果我一会儿全都不记得的话。"

"如果你想知道的答案对你来说很重要的话，你应该勇敢地去寻找它，这就是意义所在。"

"是的，但是我得记得这些答案啊！"男孩反驳道。

"谁说的？如果这些答案能够从这里被带走的话，那么它们就不再存在于这里了，而其他人也就没办法再知道真相了！"

杰森垂头丧气地说："这实在太可笑了。"

"我可不这么认为。"大胡子贤者回答说。

"你说起来简单，这里是你生活的城市，可是你一旦离开了这里的话，连自己的名字都不记得了！"

"要不是有这部机器的话，我可是连回家的路都会不记得的！"贤者笑着说，"这是为了安全考虑，年轻的旅行者，我们可不希望这里被传得沸沸扬扬。"

杰森觉得自己被捉弄了，气得嘴唇发抖。"我不确定是不是还想进去。"他失落地说。

贤者理解地点了点头说："你内心的平静就是最大的智慧。当你的心静如止水的时候，一切疑问都将迎刃而解，这就是阿加缇教会人类的东西。"

"这算什么理由！"

"我很理解你，年轻的旅行者，你的内心还充满了冲动和对人生的憧憬，所以并不适合到阿加缇来生活。"

杰森苦笑了一下："说实话我觉得我自己可能永远都不适合来这里生活！"

"我可以把你送回到接你的那个地方，然后再给你另一个海螺，以方便你下次过来的时候能找到我！"

这时，杰森挠了挠脑袋，突然冒出了一个想法。"我可以记笔记吗？"他问道。

"你说什么？"

"即便我什么都不记得了，我还可以记笔记呀，对吗？"

贤者摇了摇头，"这恐怕不行，年轻的朋友，在入口和出口的地方你将会接受检查，你是不能够从里面带出来任何东西的。"

杰森嘴唇动了一下。

"连笔记都不行吗？"

"不行的，杰森·科文德，所有的答案都将是你一个人的。"

"是我一个人的。"杰森心想。

看来好像别无他法了。

杰森将自己的伙伴们抛在了身后，紧跟着自己的直觉来到这里，就是为了寻找答案的。

男孩看了一眼那位神秘的大胡子贤者，他看上去非常淡定而且真诚。

"我将能够得到所需要的所有答案，然后我会忘记这里所发生的一切。"

杰森·科文德是一个自私的人。

他突然大笑了起来。

"有什么可笑的？"身边的贤者问道。

"因为我突然想到了一件事情，我不能从城市里带走任何一件东西，也不能在这里留下任何一件东西对吗？"

"没错。"

"如果我跨过这条银线的话，我会忘记关于我自己的许多事情，那么究竟是多少事情呢？"

"一部分，也有可能是全部，要看这件事情对你来说有多重要。"

杰森仔细想了一想到底对于他来说什么才是非常重要的事情，然后问道："你可以答应我一件事情吗？"

"要看是什么事情了，杰森·科文德。"

"如果我越过线之后忘记要回家的事情了，你可以强迫我回来这边吗？"

大胡子贤者用力地点了点头说："这个我可以答应你。"

于是，杰森跳下了平台，毫不犹豫地向前连跨了三步，越过了智慧之线。

第二十六章
我们到了

“嘘！”阿尔戈山庄里的一株灌木发出了声音。

卷毛有些犹豫地四下看了看，在距离他不远的地方，他的弟弟正在想尽办法弄开内斯特小木屋的门锁，鲍文医生着急地围着他弟弟团团转。卷毛看着这幅景象，干笑了两声。

这时，那株灌木第二次叫了一声。

卷毛决定过去查看一下，当他走近之后，才注意到似乎有人躲在那后面。一开始他以为是刚才像疯子一样叫喊着跑出去的三兄弟中的一个。

但是马上他意识到自己看错了：在灌木的后面有一个红头发的男孩，手里还拿着一个奇怪的工具。

"啊，瑞克，是你啊！"燃烧者俱乐部成员一下子认出了他来，"你在这里做什么？你拿的是什么？枪吗？"

"我正想问你同样的问题呢。"男孩回答说，"是的，这是一把枪，而且已经上膛了。"

"你疯了吗？快放下！"卷毛抗议道。

"那要看你来这里是干什么的了。"

"哦，你可以放心，我不会发出警报的！而且这里现在非常混乱，伙计……"卷毛说道。

"我注意到了……你知道到底发生了什么事情吗？"

卷毛吸了口气说："我们的老大想要问医生一些事情，但是医生提出了一个条件：我们得帮助他烧掉这个山庄。不过幸好我们的老大好像对此不太感兴趣，所以他让我们在这里拖延时间。"

"烧掉阿尔戈山庄？他疯了吗？那你们在这里做什么？"

"我们在拖延时间啊。"卷毛耸了耸肩说。

"我可不这么觉得……"瑞克指了指小木屋。这时黄毛和鲍文医生已经打开了门锁闯了进去。

他一想到一个陌生人要随便翻动内斯特的物品并窥探他的秘密就感到十分气愤。如果自己更高大强壮勇敢一些的话，瑞克早就冲上去给医生一拳了。但是现在不行，更何况鲍文医生的武器比他手上的要好得多。

"哦，你不用担心，我的弟弟知道该怎么做。"卷毛笑了笑说，"话说回来：你躲在这后面干什么？"

"我在制订一个计划，不过我不确定是不是能够信得过你们。"

卷毛若有所思地挠了挠头说："事实上连我们自己都不是很确定。"

瑞克又问道："那你可以和你们的老大说一声吗？但是别引起鲍文的怀疑。"

"当然可以。"

"很好，那请告诉他鲍文医生知道的事情我们都知道，如果他给出的条件是烧掉这幢房子的话，那我们可以在不毁掉任何东西的情况下告诉他所有的事情，唯一的交换条件就是请他帮忙阻止鲍文医生。"

卷毛点了点头说："我们可以这样试一下。"

"还有就是请你记得我们一起经历过的冒险。"瑞克严肃地说。

卷毛并没有直接回答，而是对着男孩挤了挤眼睛，便转身离去。

在卷毛走进了山庄之后，瑞克贴着院子里灌木丛的后侧走了一小段，然后穿过一片开阔地，最后来到了一棵老橡树的边上。

"怎么样？"躲在树后的茉莉娅问道。

在和杰森道别之后，她和瑞克骑着摩托车沿着山路来到了阿尔戈山庄附近，不过两人很快就注意到了一些奇怪的事情：院子的大门打开着，而且里面停着一辆咖啡色的小车。瑞克有些担心，于是决定将摩托车先停在拐角的一个隐蔽处，然后再步行折回院子里。

在确定了进入院子的道路没有别人之后，两人偷偷潜进了院子里，这时他们看到了站在里面一脸不情愿的剪刀兄弟。孩子们并不确定是否能够相信那两个燃烧者，于是决定暂时先不露面。多亏了这个决定，在片刻之后，孩子们听到了鲍文医生的声音正在那里发号施令。

他们到底想干什么？瑞克决定先去一探究竟。现在瑞克回来了，茉莉娅从男孩忧心忡忡的表情上判断应该不是什么好消息。

"鲍文医生想要烧掉阿尔戈山庄。"男孩紧张地说。

"什么？这实在是太荒谬了！瑞克，那个男人简直是个疯子，我们无论如何都得想办法阻止他。"

"我刚才和那两个燃烧者俱乐部的成员聊了聊，他们好像也不太愿意帮助那个医生。"

"你觉得我们可以相信他们吗？"

男孩摇了摇头说："但是此时此刻，我们别无他法。"

茱莉娅蹲下了身体，看着阿尔戈山庄里的动静。自从离开了蜂鸟巷里的那个潮湿地下室之后，她感觉好多了，咳嗽似乎也已经恢复了。女孩感到自己的身体重新充满了能量，想要立刻大展一番拳脚。不过现实中等待的这段时间却再次给了她一种讨厌的无助感，就和当时被困在地下室里的情况一样。

瑞克将女孩一把搂到身边。"这事在之前已经发生过了……"他低声说道。

"什么已经发生过了？"

"火烧，"男孩解释说，"时光之门上有被烧过的痕迹，说明之前门已经经历过大火了。"

"但是却没能够成功。"茱莉娅回答说，"所以这次也不能够让他们得逞。"

当卷毛沿着阿尔戈山庄的楼梯跑上二楼去告诉沃尼克瑞克的建议时，托马索·拉涅利·斯特拉姆比已经再次躲进了杰森的房间里，不过男孩仍然能够听见两人在过道里的大部分对话，同时，他感到一阵欣喜。

看来杰森、茱莉娅、安妮塔以及尤利西斯·摩尔、伦纳德、彼得、布莱克和他的那些"大夏天"的伙伴们都不希望阿尔戈山庄及它所隐藏的秘密付之一炬。

当汤米听到卷毛的脚步声远去并下了楼之后，他才从房间里走出来，一副轻松的模样。

"我知道您是怎样的一个人……"男孩对着玛拉留斯·沃尼克说道。而与此同时，燃烧者俱乐部的头目再次摆出了和刚才相同的姿势，站在昏暗的过道当中，一言不发，陷入沉思。

"啊，是吗？你倒是说来听听？"燃烧者头目头也不回地说道。他心里一直惦记着自己的那本手稿，如同一颗闪耀的珍珠掉进了海里一般，而如今又出现在了这个穿得像是一个船长一样的男孩手上。

"您是一个假的批判者。"

燃烧者俱乐部的头目耸了耸肩，男孩当然是说错了：他——玛拉留斯·沃尼克，是所有批判者之王。他是民众信仰的摧毁者，也是现实生活的保护者。他肩负着维护所有事情秩序的责任。在他的办公室里，每一件物品都有着非常精确的摆放位置，玛拉留斯·沃尼克是一个精确到极致的人，他的生活中决不允许出现任何意外和差错。

至少，在他此次旅行之前是这样的。毕竟，他的姐姐一直都告诫他尽可能不要出差。

他咬了咬牙，继续沉浸在自己的世界里。但是一想到他的姐姐薇薇安就让他的心情变得十分糟糕。

这个人真是令他如鲠在喉。

"您和鲍文医生不一样，沃尼克先生。"托马索继续说道。

"哦，我可不就是这样的人嘛，小伙子，我是一个会放火的外科医生，我会把所有的错误和问题都付之一炬，我会用我的喷火伞来召唤闪电，我会打消人们脑海中那些不实际的想法，我的任务就是维持现实世界的稳定。"

"您不会真的想要烧掉这幢房子的，"托马索鼓足勇气继续说道，"当您的手下在威尼斯抓住我的时候，就是那个叫艾克的人，他让我告诉他安妮塔去了哪里。事实上安妮塔就是到这个小镇来了，但是他不愿意相信我，因为他说基穆尔科夫是不存在的，阿尔戈山庄也是不存在的，接着我被一群猴子给救了，沃尼克先生，照道理来说在威尼斯应该是没有猴子的，但是确确实实就是它们救了我，并把我带到了彼得·德多路士

的机械船上，彼得是一个我只在书上才看到过的传奇人物，书上，您明白吗？所有发生的一切已经让我彻底糊涂了，最后我决定不再去追究到底是为什么，而是选择去相信它，而事实上我也是按照书上的指引才来到了这里。"

玛拉留斯·沃尼克安静地听他说完，事实上他也是经历了类似的事情才来到了这里，只不过他手上的那本书并没有写着文字，而是画着图案，那位疯狂的画家名字叫莫里斯·莫洛，他还为一幢威尼斯的房子画了壁画。

沃尼克找了一家伦敦的不动产公司买下了那幢威尼斯的房子（由于人们都认为这幢房子被诅咒了，所以其实他并没有花多少钱），然后找了一位专业的房屋修复师去修复那里的壁画。他原本以为如此一来就能够搞清楚那本笔记本中隐藏着的秘密，但随着时间的推移，他不但没有弄明白，反而被卷入其中。

他只有耐心等待。

"现实就是当你不再相信时所有留下的东西……"沃尼克博士用一种剪刀兄弟最喜欢的方式说。

"您说得没错，沃尼克先生。"

"这句话并不是我说的。"燃烧者头目立刻补充道，"是一位专门描写不存在的事情的科幻小说作家说的。"

"为什么您会觉得是不存在的事情呢？"托马索晃了晃手中的那把伞以及那本《我心飞翔》手稿说，"那您觉得这些东西是现实吗？"

沃尼克不喜欢给眼前的小鬼讲解什么是现实，更不喜欢这个小鬼手上还拿着他珍贵的手稿。他用了整整五十七年的时间写下了前五十六页的内容，而最近的几天，他又删掉了其中的十来页，并新写了二十来页，当然，有些内容还需要推敲一下，但是不管怎么说……

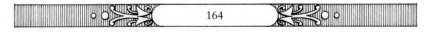

"还有一件事情……"托马索继续说道。

"什么事？"沃尼克有些气愤地喊道。

"我读了手稿的前几页，应该说写得确实很好，"男孩说道，"我很想知道后续的内容。"

玛拉留斯·沃尼克的脸在这一天第二次露出了复杂的表情。他张开嘴想要深吸一口气，这才意识到自己早已经口干舌燥。

"你是说真的吗？"

"当然，"男孩回答说，"我只是实话实说罢了。"

阿尔戈山庄的院子里已经一切准备就绪。

瑞克和茱莉娅迅速行动。

两人来到了工具室，这是一个三米见方的小房子，只有一扇坚固的门和一扇窗户，门上挂着一根粗大的铁链。

两人用藏在门口花瓶里的钥匙打开了锁，向里张望了一下，并挪开了一些最重的工具。

然后说道："完美！"

空中传来了一阵阵的隆隆声，并伴随着几滴雨点。

瑞克和茱莉娅躲到了小屋子的边上，静静地等待着。

几分钟之后，卷毛带领着黄毛和鲍文医生出现了。医生对于自己正准备着手烧掉内斯特的小木屋而被打断的事情感到非常生气。

"科文德一家早晚要回来的！"他愤愤地说道，"我们不可能在这里待上一天！必须赶紧把该做的事情做完！"

"我们的老大正好打算和您说这件事，鲍文医生。"卷毛一边说着，一边将两人带到了工具房的边上。

"为什么就不能让他过来和我谈呢？"鲍文医生嘴里仍然嘀咕着，

"而且他不是在藏书室吗？"

"我们在这里找到了一些奇怪的东西，对此我们都不是很明白！"卷毛指着工具房的里面说到。

"什么东西？该不会是那个该死的德多路士发明的机械钉耙吧？"医生似乎已经不耐烦到了极致。

"所以我们想请您过目一下。"黄毛说道。

医生急匆匆地走进了小屋子里："让我看看，沃尼克在这里面吗？"

就在医生刚跨过门槛之后，瑞克和茱莉娅立刻从草丛里跳了出来，并且在两位燃烧者的帮助下将他锁在了房子里。

瑞克眼疾手快，合上链条之后立刻将锁"嗒"地锁上了，然后拔出钥匙放回了小屋子右侧的花瓶里。

鲍文医生发出了一声咆哮声。

"你们这是在干什么？"他重重地从里面拍打着屋子门。

"这是你自作自受！"茱莉娅回答道，"也让你尝尝我们被关在地下室里的那种滋味！"

"是你们？"医生吃惊地说道，"你们是怎么跑出来的？是谁放你们出来的？"

"是我们自己想办法跑出来的！你以为我们真的那么笨？"瑞克回答说。

只听到鲍文在屋子里翻动着工具，并且不停敲打着房门的声音："放我出去！你们不能把我关在这里！"

"我建议您在里面好好想想一会儿该怎样向警察解释吧！"茱莉娅喊道。

拳头和工具的敲打声越来越响。

"你们两个！"医生冲着剪刀兄弟喊道，"你们的老大会杀了你们

的！快放我出去！"

"实在很抱歉，鲍文医生，我们只不过是奉命行事而已。"

窗户那边发出了一些金属敲击的声音。

"我警告你们！"医生喊道，"我有枪！"

"快走吧！"瑞克指着小屋子右边的一条小路说。

"站住！我有枪！"医生再次喊道。

他说得没错，他确实有一把手枪。

但是这并不能帮助他逃离屋子。

第二十七章

跨越时光之门

" 这就是您的手稿，还给您。"托马索将《我心飞翔》的手稿递给了玛拉留斯·沃尼克。

所有人都坐在一个砖墙天花板的房间里，这里也是整个山庄里最古老的部分。一阵海风吹来，屋子的窗户发出了阵阵响声，摩尔家族的肖像画横七竖八地堆在楼梯下，通往院子的房门仍然敞开着，淅淅沥沥的雨滴打在了窗户的玻璃上。

茉莉娅、瑞克、托马索、剪刀兄弟和沃尼克相互之间面对面坐着，警惕地注视着对方，如同一桌扑克玩家一样，整个画面显得有些荒唐而不可思议。

燃烧者头目迅速接过了手稿，就好像担心被剪刀兄弟抢走一样，然

后将其放入了西装的内侧口袋里。

即便在这个房间里，仍然能够听到被关在工具房里等待着被交给警察的鲍文医生的咆哮声，一旦电话能够接通，他们会在第一时间想到医生的。

而此时此刻，显然还有着更重要的事情要做。

"你们答应过要告诉我所有关于这些门的信息的。"玛拉留斯·沃尼克率先打破了沉默说，"特别是那些从来没有在书中被提到的事情。"

"难道您不想……"茱莉娅揶揄道，"就这样当作什么都没有发生过一样离开这里吗？"

燃烧者俱乐部的首领狠狠地瞪了她一眼。

"我不想现在就离开这里，而且我也没办法离开这里，我的汽车被大水冲进了海里。而且我也想知道我现在到底在什么地方，这个房间和其他堆着乱七八糟东西的房间有什么区别。"

孩子们相互之间交换了一个担心的眼神。

他们现在有两条路可以选择：一是拿起手中的雨伞和鱼枪，逼迫燃烧者们离开这里，但是这样一来很有可能会遭到对方今后的报复。

另一个选择是将所有关于时光之门的事情全部告诉对方。

空气中充斥着有些可怕的沉默，让人仿佛能够听见灰尘落到家具上的声音。

玛拉留斯·沃尼克缓缓抬起手说："我对于你们的这种把戏开始感到厌烦了。"

他将莫里斯·莫洛的笔记本放到了桌子上。

"我是按照这本书的指引来到这里的，你们这里应该至少还有一本，先把那本拿出来吧。"

茱莉娅点了点头，她打开背包开始寻找那本笔记本。

突然，女孩瞪大了眼睛。"瑞克！"她惊呼道，"笔记本不见了！"

"怎么会不见了？"

女孩将背包中所有的东西全部倒在了地上。

但是仍然不见笔记本的踪影。

"我不明白！"她摇了摇头说，"刚才明明……"突然她停了下来，看着瑞克说，"是杰森！"

瑞克双手抱着自己的脑袋。"为什么？"他问道。

但是现在已经没有时间弄清楚到底发生了什么。

"看来这个开端不太顺利呢！"玛拉留斯·沃尼克看着地上的物品冷冷地说道，"也许我应该去和那个医生再谈一谈。"

"等等！"瑞克跳了起来说，"那本笔记本不在这里并不能说明它不在我们的手上。"

"我的哥哥把它拿走了！"茱莉娅说。

"另外一本在安妮塔的手里。"托马索补充道。

沃尼克的手指有节奏地敲着笔记本。孩子们所说的两个名字他是知道的：他和杰森·科文德曾经通过笔记本"交换过一些意见"，而安妮塔应该就是那个威尼斯房屋修复师的女儿。"很好，那么请问一下那两个人现在在哪里？"

"我想他们现在应该在镇上……"茱莉娅回答说。

"看来你们一直在对我胡说八道，"沃尼克显然已经失去了耐心，"也许我应该听一听鲍文的建议，反正把这里一把火烧掉只不过让这个世界上少了一些没用的东西和虚假的传闻，很快这里会建一座新的山庄，也许还能开一些小饭店和旅馆，一切都会顺理成章，没有那么多乱七八糟的秘密。"

"您说错了。"这时卷毛开口说道，然后他咽了口唾沫，这是多年

以来他第一次在自己的老板面前说不，不过反正都已经开口了，无论如何他都要把话说完，"我和我的弟弟亲眼见到过了，你也告诉老板一下吧！"卷毛用手肘顶了顶自己的弟弟，不过黄毛好像并没有打算开口。

不过最后，弟弟还是深深吸了一口气，说道："我们曾经穿越过一次时光之门，沃尼克先生，我们进入了一个黄金迷宫，外部完全是一片漆黑，我们还和一个黑暗中的怪兽搏斗过，不过最终我们逃离了黑暗并且找到了光明……我知道这听上去很感性……但是请相信我说的话。"

"相信你们？"沃尼克说道，"我也很想相信你们，但是到现在为止一直都是你们在说啊说的……包括这本该死的笔记本，一直都是我在听你们讲故事……而我看到的只是这里的一个安静的小房间，积满了灰尘，坐落于山顶上的一个山庄里，外面还吹着海风……"

嘭！正在这时阁楼上的窗户被风吹得重重地打开了。

寒风呼呼地沿着楼梯向下吹来，一下子令时光之门的这个小房间变冷了不少。

茱莉娅率先站起身来。

她捡起了刚才从背包里掉出来的那个装有钥匙的盒子。

然后将它放在了中间的小桌子上，轻轻地打开盖子，如同对待一件圣物一般，从里面取出了四把阿尔戈山庄的钥匙。

"如果您一定要亲眼看到的话，沃尼克先生，请裹紧衣服，因为在这下面的风很大。"

第二十八章
追踪

"茱莉娅·科文德。"小弗林特心想。

在他的余光看到某个人时，他的心里突然冒出了这个想法，于是他停下了脚步。

"嘿！"他对着另两个沿着山路拼命向下跑去的哥哥喊道。但是弗林特大哥和二哥并没有听他的话，两人被在山庄里见到的景象吓得撒腿奔跑，上气不接下气，看来在没有昏过去之前他们是不会停下的。

同样，要不是小弗林特偶然看见了这个让他心动的女孩，他也不会停下自己的脚步。

事实上，他也许并没有看清楚。

而只是觉得自己看到了而已。

在他如同闪电一样飞奔出阿尔戈山庄的围栏之后，小弗林特担心地回头看了一眼那些鬼怪会不会从山庄里追出来，而正是这一回头，让他看到了一个人影在树丛里走着。

那人有着一头蜜色的长发。

男孩用了很久来将这个人影和自己认识的人名对应起来，直到最后他才确定，那不是一个妖怪，而是茱莉娅·科文德。

当他的脑海里出现了这个闪耀着光辉的名字时，男孩停下了脚步。

有一瞬间他很想跑过去通知茱莉娅·科文德关于鬼怪的事情，不过他随即又想起来女孩子一直都住在这里。

所以她应该知道鬼怪的存在。

或者说山庄里的那个并不是真正的鬼怪，而是为了把他们吓跑的把戏……

现在回想起来，茱莉娅在山庄的院子里干什么？偏偏在这个他们准备放火的时候？她是一个人还是和哥哥在一起？

或者是更糟糕的情况，瑞克·班纳？

"那个红头发叛徒……"

小弗林特打消了害怕的念头，他任由自己的两个哥哥如同疯子一样逃跑，自己转身再次走向神秘的山庄。

当他再次走进院子里的时候，注意到事情好像在几分钟内突然有了变化。鲍文医生已经不在那个小木屋里，而且连小木屋的门都没有关上，剪刀兄弟也不继续在院子里巡逻了，院子里的树木随着微风不停摆动着，在此时空无一人的情况下比刚才还要可怕。

他有些犹豫地朝里走了几步，然后害怕地停了下来。风中传来了一阵阵可怕的叫声，一个陌生的声音，说着一些无法分辨的话语。

他的心头再次出现了逃离的想法，他再也不想回来了，再也不想踏进这个古怪而又可怕的地方了。但是随即他发现，那个声音似乎也不是那么陌生：听上去倒是有点像鲍文医生。

没错，是鲍文医生。

小弗林特小心翼翼地朝着声音传来的方向走去。

他从一棵树后偷偷潜伏到另一棵树后，就好像山庄里埋伏着可怕的敌人，随时准备向他射击一样。

就这样，他花了大约十分钟的时间，来到了工具房的门口。在这段时间里，工具房里的动静压根儿就没有停下过。

他遮遮掩掩地走过了最后一段路，然后从灌木丛后面探出头来："鲍文医生？"他说道。

突然，屋子里传来了一声枪响，将男孩吓了一跳。

"嘿！您疯了吗？"

"我手上有枪！"医生在木屋里喊道。

"可是您为什么要杀我呢？"小弗林特喊道。

工具房里一下子安静了下来。

"你是谁？"里面传出了医生的声音。

"我是弗林特。"

"哦，我的上帝呀！弗林特！我的天使！快点把我放出去！"

小男孩似乎还不是特别放心，毕竟刚才的枪响差点要了他的命。

"到底发生了什么？"他小心翼翼地问道。

"我被他们给陷害了！"医生说道，"那两个叛徒……他们居然和孩子们串通好了，那两个伦敦来的浑蛋小鬼，还有她的男朋友班纳。"

"班纳？男朋友？"

这两个词在小弗林特的脑海里不停回响着，令他越来越生气。

"我该怎么做才能够把您放出来呢？"小弗林特的态度一下子变得斩钉截铁。

"找一下门锁的钥匙，我看到那个红发小鬼把钥匙就藏在附近了！"医生一边回答着，一边握紧拳头狠狠砸了几下木屋的门。

小弗林特不再浪费时间，开始在周围仔细寻找起来，他并没有费太多的功夫就在边上的花瓶里找到了门锁的钥匙。

"钥匙就藏在右边的花瓶里！"男孩一边将钥匙插进锁里，一边为自己的聪明而感到扬扬得意。

鲍文医生和小弗林特心急火燎地冲向了山庄，然后偷偷走进了家门，医生在前，手里握着枪，放在鼻子的下面，如同警匪片里的画面一样，小弗林特紧跟在他的身后，手里拖着他们在工具房里找到的一桶汽油。

两人穿过了水龙头不停滴着水的厨房，来到了客厅，这里的雕像和面具显得格外面目狰狞，好像随时准备攻击他们似的，在经过了客厅之后，他们来到了放置着黑色听筒电话的一小块区域，医生检查了一下电话，确定仍然未被接通之后便继续向前，然后朝着那个有着砖块天花板的小房间里瞥了一眼。

两人停在了楼梯口。

楼上的某个地方窗户没有关好，不停传来窗框碰撞的声音，两人走上楼梯，迅速转了一圈。

"他们不在这里。"鲍文医生最后说道，"不过他们可别想就这样逃出我的手掌心！"

他生气地踹了一脚门廊里的捕鱼者雕像，雕像倒下之后应声摔得粉碎。

目睹了这一幕之后，小弗林特突然感到背后传来了一阵寒意，他想

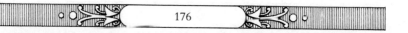

起了那个身穿老房东衣服的鬼魂说的话，双腿开始情不自禁地哆嗦起来。

"现在我会要他们好看的！"鲍文医生将手枪对准了天花板。"弗林特！"医生的喊声吓了男孩一跳，"拿着这个！"

医生递了一盒火柴过去。

"你去小木屋那里，把汽油浇在周围，点上火之后再说，不用担心：那里周围全是木头，一下子就能点燃的！"

"那您呢？"

"哦，你不用担心我！"医生面目狰狞地笑着说，"不管发生什么，你都不用为我担心。"

他笑着从口袋里掏出钱包，然后将里面的钱全部取出递给了男孩。

小弗林特摇了摇头。

"没关系的，拿上这些钱，别再多问了！"医生一把抓起男孩的手，将钱塞给了他，然后拍了拍男孩的肩膀，"现在别多想了，赶紧去吧！好好干！"

说完，医生解开了衬衫最上面的几颗纽扣，拿起了一把挂在金链子上的钥匙。

钥匙的手柄上精美地雕刻着一种动物。

三个乌龟。

第二十九章

大火

"你……在……干什么？"布鲁姆先生问道，此时此刻，他仍然昏昏沉沉，只看见过道的天花板在眼前不断向后移动着。

安妮塔在他的身后正将他的病床从档案室里推出来，想要将他带到楼下去和其他人待在一起，女孩冲着他笑了笑，然后将一块沾了水的湿布搭在了他的额头上。"你告诉过我让我做自己觉得正确的事情，我想了一下，觉得现在最应该留在你们的身边，保证你们的安全。"

她已经通知了瑞克的妈妈，请她帮忙叫人一起上去将三个"睡着的人"一起搬到一楼大厅里。

女孩并没有说有可能是鲍文医生将三个人迷倒的，因为她不想在没有其他小伙伴的情况之下独自和鲍文医生对质。

在颠簸的搬运过程中，布莱克·沃卡诺嘴里开始不停地自说自话，而内斯特也有几次睁开了眼睛。

这时，安妮塔想起了杰森。这个来自伦敦的小伙子完全不知去向了，他一个人走了，去追寻他的冒险和秘密，就好像这些比其他所有事情都更重要，比她更重要，比她的爸爸更重要，比他认识的那些躺在这里需要帮助的人都重要一样。

念及这里，安妮塔想到好像自从大水发生以来，杰森从来都没有为自己的父母担心过，从来都没有问过他们在哪里，是否受伤，是否需要他的帮助。

不，杰森·科文德绝对不是一个善解人意的人，也不是一个感性的人。

他是一个狂热的探险家，一个富有冒险精神的小伙子。

事实上，如果杰森留在她身边的话，两人有足够的时间来处理好所有的事情，他们可以先照顾好她的爸爸以及内斯特，然后一起去阿尔戈山庄，或者是别的什么地方，他们可以继续去探索时光之门的秘密并想办法拯救死亡之国。

他们之间亲吻过，她也不排除今后仍然有这机会。

如果不是杰森背叛了她的话。

如果不是杰森毁掉了这一切的话。

"你自己去探索时光之门的秘密吧，科文德！"如果杰森现在在她面前的话，女孩一定会这样告诉他，"我要回威尼斯去了，去找我的小猫妙丽，回到我父母的身边，你自己去旅行吧，你看看到时候是不是无聊。"

女孩有些幸灾乐祸地笑了笑。当初尤利西斯·摩尔在失去了自己的妻子和朋友之后不是也停止旅行了吗？如果你看到了一些神奇的东西但

是却不能与人分享的话又有什么意义呢？如果这些虚幻旅行地只存在于你自己的脑海中又有什么价值呢？

所以安妮塔决定留下来照顾自己的爸爸、内斯特和布莱克·沃卡诺。来确保他们的安全而不被鲍文医生所伤害。

同时她已经不满于跟在杰森·科文德身后去进行男孩的那些无聊的冒险了。

"一切都很好，爸爸……"当布鲁姆先生醒来之后开始四周看别人的床时，安妮塔对他说，"再过不久你就可以下床了，那时我们可以打电话给妈妈。"

"有没有……很严重的伤口？"女孩的爸爸问道，他看上去气色好了不少。

"哦，没有，很幸运。只有几处碰伤和擦伤。"

这时瑞克的妈妈叫了一声女孩，安妮塔立刻准备过去帮忙。

爸爸紧紧抓住女孩的手说："对于你做的事情，我感到很骄傲。"

"我知道，爸爸，我知道，我也感到很骄傲。"

"我们是不是看上去很糟糕？"

"怎么会呢？"安妮塔笑着回答说。

女孩去帮助班纳女士照顾了一会儿别的伤者，然后再次回到了爸爸的身边。

他还醒着，而且看上去挺想找人聊聊的："我有没有告诉过你……我和布莱克一起经历的火车之旅？"

"不，你没有对我说过。"

"哦，这实在是……太不可思议了！我们半夜三更乘坐着一部黑色的火车头，以飞快的速度沿着一条像是突然冒出来的铁路飞奔，这一切都像是在一部儿童电影……里的场景一样！这些电影可能你小时候看

过，然后你以为你忘记了，但其实它一直都在你的回忆之中，将会陪伴你一生。"

"我可不知道你还这么诗意……"安妮塔高兴地笑了起来。

"难道只是因为我在银行里工作？"女孩的爸爸微笑着回答说，然后他收起了笑容，看着安妮塔的双眼，"我知道我们之间相隔两地，安妮塔，而我平时都忙于工作，我在伦敦，而你和妈妈在威尼斯……这实在太可笑了！太可笑了！所以我当时就特别想乘上火车到这里来找你……"

安妮塔感到自己的眼泪在眼眶里打转，但是她克制住了。

正在这时，两人身边的内斯特突然咳嗽了起来，然后从病床上坐了起来，迷迷糊糊地喊道："别！等等我！等等我！"

周围的人群全都回头向这里看过来，眼神中充满了疑惑和害怕。

"你这个样子想要去哪里？"相隔两床之外的比格斯女士回答道。

安妮塔走到了老园丁的身边，看到内斯特睁着双眼空洞地看着远处，一副还没有清醒的样子。女孩耐心地帮助他重新躺倒了病床上，然后摸了摸他额头上沾湿的那块布，并翻了一面。

接着从诊所外又传来了一阵动静，一些人跑了出去一探究竟。

安妮塔回到了父亲的身边，眼睛仍然望着外面，在诊所的门口已经聚集了一群好奇的人，安妮塔注意到瑞克的母亲也跑过去了。

"稍等一下，爸爸。"女孩说道。

她迅速穿过摆满了病床的大厅，来到了面向着小镇广场的出口处。走出诊所之后，她从熙熙攘攘的人群中挤出了一条路，这时她注意到有人不停地指着山崖的方向说着些什么。

女孩突然停下了脚步。

她简直无法相信自己的眼睛。

"不，不，不！"她重复了三遍同一个字，呼吸越来越急促。

山崖的顶上升起了一股黑烟，如同一条黑色的巨蛇一般，直蹿天空，然后和灰色的云朵融为一体。

阿尔戈山庄着火了！

档案室

动物诊所

第三十章
桥

萨顿山崖的地底下，瑞克停下脚步，回头看了一眼自己的身后。红发男孩将手中的雨伞高举过头，伞尖发出的蓝色火焰照亮了紧跟其后的茱莉娅。

在女孩的身后，沃尼克的表情始终阴沉沉的，而剪刀兄弟则一直跟在他们老板的后面，队伍的最后是托马索，一脸惊叹。

他们决定从动物之桥开始，然后下到墨提斯号那里，但就在走到一半的时候，瑞克的耳朵好像听见了某些奇怪的声音……

怎么会？听起来像是阿尔戈山庄的时光之门被人打开了。

但这是不可能的：时光之门在进去的旅行者没有出来之前是无法被打开的。

男孩觉得可能是自己的错觉："没有人能够再次打开时光之门。"

这不可能。

风从他们的脚下吹过，发出嗞嗞的声音。

瑞克走路的时候更加小心翼翼，而这时却再次传来了一阵无法解释的声音：黑暗中的脚步声。

而且这不是他们一行人发出的脚步声。

从他们的上方传来。

有人在跟踪着他们。

他回头看了一眼茉莉娅，在女孩美丽的脸庞上写着与他同样难以置信的表情。

同时其他人也听到了脚步声，所有人都屏住呼吸，仿佛寂静才是他们唯一的防守武器。

瑞克举起伞，继续向下，在转过了最后一个弯之后，他来到了跨过地底深渊的桥边。

"这里就是分界线了……"男孩对着玛拉留斯·沃尼克说道，同时向着他们来时的那条通道担心地望了一眼。

沃尼克走到男孩的身前，然后登上了桥。

在火焰光线的投射下，桥上雕刻着的那些代表了不同时光之门钥匙的动物显得异常狰狞。

"真是一个了不起的建筑杰作……"燃烧者俱乐部的头目看着桥上的这些雕像说道。

"这是摩尔家族的某位先人建造的，"茉莉娅简单解释道，"目的就是将深渊的两侧连接起来。"

"这条深渊几乎包围了整座基穆尔科夫镇！"托马索惊奇地说道。

沃尼克点了点头，看上去对于这一解释比较满意："那在这条深渊

的底下是什么？"

"一座黄金迷宫。"剪刀兄弟异口同声地回答说。

"很好，"燃烧者头目说道，"这次我看到的不再是地下室了，而是一条地下通道，然后是一座架在深渊上的桥，十一座漂亮的雕像，但是你之前说的……感性的东西呢？神奇的东西呢？脱离于现实之上的东西呢？"

说完，他在桥上走了几步。

"就在您的眼前！"剪刀兄弟再次异口同声地说。

他们指着漂浮在桥正中间上空的那个热气球。这正是彼得·德多路士制造的，被他们用来逃离地底迷宫的那个热气球，他们将其用绳子绑在了桥体上。

正当他们走近热气球边的时候，突然，一个凶恶的声音从山洞里传了出来："站住！"

鲍文医生恶狠狠的身影出现在了众人身后的通道里。

"这不可能……"瑞克在认出了医生之后自言自语道。

但是医生就站在那里，距离他们几米之远，手里拿着枪，眼中喷出愤怒之火。

"所有人都站住不许动！"他再次说道，并缓缓走上了桥，"谁动一下我就打死谁！"

没有人敢动一下。

医生走了过去。

"您真是太让我失望了，沃尼克！"他来到了燃烧者的面前说。此时医生正好站在德多路士制造的那个热气球底下，不过他连看都没有看一眼，在他的心里现在除了仇恨之外已经什么都容不下了。

"鲍文医生。"沃尼克重新将双手放到了背后他习惯的那个位置，并

开口说道。

"我原以为我们是一伙的！"医生激动地说着话，唾沫飞溅，"我原以为燃烧者的职责就是摧毁那些所谓的虚幻！"

"鲍文医生，您觉得那是虚幻的吗？"沃尼克镇定地问道。

"你看看这些孩子们！"医生用枪先是指向瑞克，然后茉莉娅，最后是托马索，"你看到了吗？你知道他们才多大吗？"

"说实话这我并不关心，鲍文医生，不过我觉得您倒是说到要点上了，就是虚幻。"

"你觉得我说的不对吗？那我换一个词，所有的这些可笑的……山洞！"说着鲍文医生用手向四周指了一圈，"所有这一切始于当……我……不，我们……和这些孩子们差不多大的时候，他们管那年叫'伟大的夏天'！当然，是尤利西斯起的这个名字！他在那个学期快要结束的时候才来到这里，然后混进了我们和斯特拉老师的合影里！就好像已经成为了我们中的一员似的！但其实他不是！他是从伦敦来的。这都是他的错！都是他的错！"

"全班的合影照得特别不好吗？"沃尼克挖苦地问道。

"不是！但是由于他发动大家开始在公园里聚会，然后去探索洞穴！所有的洞穴，以及那些和这里一样的基穆尔科夫的地下深渊！您知道在这些洞穴里有什么吗，沃尼克先生？"

"不知道，不过我想您会告诉我的。"沃尼克语气平静地说。

"一大堆……乱七八糟的麻烦！所以这些地方，这些门才会被钥匙锁上！哦，但是尤利西斯和他的那些'伙伴们'实在是野心太大了，根本就没想过这些，他们想要打开……所有的门！你看看我们现在的情况！你觉得这是谁的错？当然是那个尤利西斯·摩尔的错！从头到尾都是他的错！从那个所谓的'伟大的夏天'开始就是！"

"不是这样的！"茱莉娅愤怒地喊道，"您这样说只是因为……您根本就没有能够进入他们的团队里！"

鲍文医生说道："没错！我是没有和他们一起！我没有和他们一起是因为你们的那个尤利西斯·摩尔觉得我没有资格去和他一起进行'伟大的'探险！不过这事我还得'谢谢'他了，因为这样一来我就可以有一个正常的脑袋！而不像他一样整天胡思乱想！"

"不是这样的！"托马索想起了他在书上看到过的内容，"您不能去是因为您的父母压根就不让您出门！您因为想去但不能够和他们一起去冒险所以嫉妒他们！"

"很抱歉让你失望了，小伙子……"鲍文医生拿起了脖子上挂着的那把钥匙晃了晃说，"不过，我和他们的关系比你想象的要密切得多！"

"您有……主钥匙？"瑞克简直无法相信自己的眼睛。

"这不可能！"托马索摇着头喊道，"书上写着主钥匙应该在弗莱德的手里！"

"弗莱德？那个没用的家伙？"鲍文突然大笑起来。

"那把钥匙应该是属于我父亲的……"瑞克咬着牙说道。

"他是在海里找到的这把钥匙，小伙子……"医生说道，"然后他把钥匙留在了船上，你的母亲在你父亲葬礼的那天带着这把钥匙出现，然后是我先看到之后向她要来的。"

"您真是一个懦夫……"茱莉娅鄙视地说道。

"懦夫？我？那镇上的其他居民呢？你真的以为那么多年以来就没有人意识到些什么？阿尔戈山庄半夜亮起的灯光，往来这里的奇怪人物……我们所有人都知道阿尔戈山庄一直在发生着奇怪的事情，但是所有人都默不作声，出于害怕！"

"什么害怕！"瑞克反驳道，"害怕什么东西？"

"害怕那些门会再次打开……"鲍文说道,"就像今天发生的那样!"

这时,沃尼克不耐烦地挥了挥手说道:"对不起,打断一下你们之间的交流,可是……医生,我想我有些被弄糊涂了,我的意思是说,您一直在强调这些门让您感到非常不安,我没有理解错吧?"

鲍文坚定地点了点头。

"既然是这样的话,那我就有一个疑问了……"沃尼克继续说道,"您刚才给我们看了一下您脖子上挂着的一把特殊的钥匙,我想您应该是知道怎么使用它的对吧?"

"当然是的!"瑞克喊道,"在他的药店里还藏着他从杰尼神父花园里得到的药剂!"

医生将手枪指着男孩吼道:"你给我住嘴,小鬼!"

"请回答我的问题,医生。"沃尼克催促道,"您有没有使用过这些钥匙,并且离开这里去……远方旅行过?"

"他们就不应该打开这些门!"鲍文医生固执地回答说,"但是他们一而再,再而三地使用这些门,我根本无法阻止他们!直到……珀涅罗珀死了之后,所有的事情才消停下来。"

桥下的黑暗似乎在颤抖着。

伞尖上的火焰缓缓地在变弱。

"是您杀了……珀涅罗珀!"茱莉娅轻声说道,语气冰冷。

是医生率先在悬崖上找到了血迹,也是他告诉尤利西斯·摩尔他的妻子已经死了。

是鲍文医生。

"我没有杀过任何人!"他喊道,但是从他的脸上根本无法分辨这是真是假。

"您是为谁工作的,鲍文医生?"玛拉留斯·沃尼克直截了当地问

 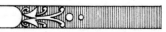

道，"在我看来，用儿时的不愉快来解释您对于摩尔家族以及时光之门的仇视显得有些牵强。"

"我不为任何人工作！"

"哦，也许，有人请您帮忙收集钥匙，然后交给他，他付给您的钱多吗？"

"我再说一遍，我不为任何人工作！我只想摧毁这些门以及一切和它相关的东西，永远！"

"所以说……把门摧毁掉……然后呢？然后您打算怎么办，鲍文医生？"沃尼克好奇地问道。

鲍文医生看着他，似乎有些措手不及："然后……就没有然后了，我会叫醒我的妻子……然后我们会永远离开这个破地方。"

"换句话说，您并没有考虑过烧掉这座山庄之后干什么对吗？"

"是的，没有考虑过。"

"而且您不为任何人工作。"

鲍文医生再次摇了摇头："我不知道您问这些有什么意义。"

"我可以问您最后一个问题吗，鲍文医生？"沃尼克仍然用好奇的口吻说道，"您脖子上挂着的这把钥匙，以及那么多门，您就没有想过去另一边看一看？"随后沃尼克并不等他回答，而是继续说道，"我想不会，您知道为什么吗？请问您写作吗？画画吗？会不会弹某种乐器？有没有朋友？有没有宠物？有没有一位深爱的妻子？我想都没有，不是吗？我猜一定是这样，既然您对这些时光之门根本就不感兴趣，为什么要拿着一把能够打开所有门的钥匙呢？"

"哦，请不要对我妄加评论，沃尼克！"鲍文医生有些歇斯底里地说道，"我和您完全是同一类人！"

"我看不见得……"燃烧者俱乐部的头目说道。

接着，他以迅雷不及掩耳之势，抓住了茱莉娅背着的鱼枪，对着上方……

噗！

鱼枪上的箭一下子击中了彼得·德多路士的气球，并在上面扎了个洞，热气球里迅速喷出大量的空气，并在医生的头上发出巨大的气流声。医生本能地抬起头来，想要看看到底发生了什么。

他的手不自觉地垂了下来。

"抓住他！"剪刀兄弟大声喊道。

瑞克将喷火伞扔到了一边，火苗熄灭了，周围一下子变得漆黑一片。

只听到一阵搏斗的声音和痛苦的叫喊声。

这时，突然一声枪响在桥头激起了阵阵回音，令所有人都停下了动作。

接着沃尼克点亮了他雨伞上的火苗。

鲍文医生向后退了几步。

他的脸上一副难以置信的表情，如同一个孩子无法相信刚刚听到的那个故事一样。

"你们……你们……"他惊愕得说不出话来，脚下踉踉跄跄。

医生抓住身边的一根绳子，而绳子如同一条蛇一般缠住了他的脚踝。

气球的影子迅速在他的身后滑落。泄了气的气球无法继续承受篮筐的重量，坠向深渊。

玛拉留斯·沃尼克熄灭了伞尖上的火苗。

孩子们看到的最后画面是鲍文医生那张惊讶的脸，而紧接着，黑暗里传来了一声闷响，有什么东西撞到了桥的栏杆，然后翻落下去。

燃烧者头目再次点亮了伞尖上的火苗。

"很好，"他平静地说道，"那我们现在可以继续赶路去墨提斯号那里了吗？"

第三十一章

银镜

将杰森送到阿加缇的那位贤者此时带着男孩来到了城市广场边的一个小餐馆，并给他点了一碗热汤。

同时他报出了自己的名字："我叫马洛里。"

当男孩缓过劲来之后，两人重新踏上了贤者之城的道路。当地人用一种非常巧妙的方法来让道路不结冰：他们在马路的底下铺设了管道并注入了热水。

他们来到了一条被雄伟而整齐的拱顶覆盖住的道路上，阿加缇这座城市十分安静与和谐，这里住着的居民与世无争。

没有喧闹，也没有嘈杂，到处都是安安静静的。空中飘落的雪好像从来都不会停下似的。

　　路上走着的学者大多怀抱着厚重的书本，拉车的牦牛鼻子上套着大大的金环，而牛车的轮子外面全部都被包裹上了，以减轻滚动时产生的噪声。这里的男人留着长短不一的胡子，女人则围着长长的白围巾。

　　人们穿着的衣服有着不同的颜色，同时身上的香味也各不相同，有檀香味的，有含羞草味的，也有豆蔻味的。杰森猜测不同的颜色和香味应该有着特定的含义，不过他并没有开口问。在他早些时候跨过银线的时候，他突然感到身上一阵干燥，同时他决定暂时先不开口提问，这在以往来说是很少见的。

　　男孩每走一步，心中一直默念着自己的名字以及自己来这里的原因，就怕忘记。

　　两人沿着一处旋转街道向上走了一段，来到了城市的更深处，杰森回头看了一眼身后，被眼前的美景所折服：抬头望去能够见到全世界最高的山峰，而在低处则是一片古老的冰川，接受着寒风的洗礼。城市中一片安静，静到连冰块的开裂声都如同是一个个音符一样柔和。

　　"我们马上到了，杰森·科文德。"过了一会儿贤者说道，两人此时正走向一个看上去像是一个蜂蜜松饼的圆形建筑物，"那里就是神谕所。"

　　杰森点了点头，并没有问那里面到底有些什么。

　　"我叫杰森·科文德，是茱莉娅·科文德的哥哥以及瑞克·班纳的好朋友，我来自基穆尔科夫，到这里来主要是为了解开尤利西斯·摩尔和他在那个'伟大的夏天'结识的朋友所留下的谜题。"男孩心里不停重复着同样的话，然后走进了温暖的建筑物里。

　　就如马洛里之前说过一样，在入口处，守卫让杰森清空了自己的背包，并且让他脱下披风，然后给他换上了一件橙色的外衣。

　　在检查之后，男孩取回了少部分可以带入的物品，并将它们放进了口袋里，然后走到了神谕所宽敞的大厅里。

他的同行者此时也换上了一件没有帽子的外套，终于看清了他长着一张西方人的脸，短发，双眼细长，胡子又长又白。

"跟我来……"大胡子贤者对男孩说。

两人经过了一个冒着热气，同时面对着冰雪世界的室内水池，之后进入了一条弯曲的通道里，通道两侧的墙壁看上去如同是用珍珠砌成的，就好像是走在一个巨大的贝壳里。

温热潮湿的水蒸气带着一些刺鼻的气味，让人感到有些头晕。

"这里是你的房间。"马洛里走到了过道里的一扇与其他门别无二致的门前，然后对着男孩说。

"你不和我一起过来？"杰森问道。

"要提问题的人是你。"贤者简单地回答说。

"那到底是谁会回答我的问题呢？"

这时，马洛里微微鞠了个躬，然后指了指白色的房间。

"这个地方是给你用来提问的，在你得到需要的答案之后，如果你留在城市里的话，你会记得所有的东西，而一旦你离开了这里，你将会永远忘记所知道的东西，不过你的精神已经得到了满足。"

杰森缓缓低下了头，心跳得越来越快。

"我叫杰森·科文德，是茱莉娅·科文德的哥哥以及瑞克·班纳的好朋友，我来自基穆尔科夫，到这里来主要是为了解开尤利西斯·摩尔和他在那个'伟大的夏天'结识的朋友所留下的谜题。"

"最后一件事情，杰森·科文德。"贤者说着，将一些有着香味的花枝包起来交给了男孩，"这些是你的花。"

男孩接过了包裹，花枝在手指之间相互摩擦，发出沙沙的声音。

"这些东西有什么用？"他问马洛里。

"没有什么大的作用，年轻的旅行者，花和记忆一样，都是有保质

期的……"贤者笑着说,"时间一到它们就会像飘散的香味和褪去的颜色一样不复存在……"

房间里面空无一人。

四周完全是白色的,地上铺着石板,温热而潮湿,就好像石头在流汗似的。空气中有一股刺鼻的气味,让人头晕目眩,里面只有最简单的几件物品:中间的地方放着一把凳子,窗户边有一块银色的金属板。

杰森走近金属板,看到了自己在里面的影子:原来这是一面镜子。

他抬起头看向天花板,注意到房子顶上有许多各种形状和大小的小孔,闪着金属的光泽。"我现在该怎么做呢?"他心中自问道。

也许他现在身处在一个修道院里,男孩曾经在书上读到过,在这种修道院里有人待了好几年,慢慢学会了冥想,然后成为了贤者。

但是杰森可不想去学冥想。

而且他也不可能在这里待好几年。

"我叫杰森·科文德,是茉莉娅·科文德的哥哥以及瑞克·班纳的好朋友,我来自基穆尔科夫,到这里来主要是为了……"是的,他还记得。

男孩坐到了凳子上,双脚放在地上,从银镜里能够看到他的身影。

"难道我应该向你提问吗?"他对着镜子里的自己说道。

他记得有一次当自己在排队等待剪头发的时候,在一本杂志上读到过一位圣贤曾经说过其实我们每一个人对于自己的疑惑都已经有答案了。当时他觉得这完全是在胡说八道,同样,此时此刻他对此仍然深信不疑。

男孩似乎在镜子中看到了自己的眼睛里闪过了一道光,就好像他所寻找的答案真的就在那里。

他看着天花板上的小孔，它们看上去就像是一个个张开的耳朵。

男孩突然有一种起身离开，将一切都抛诸脑后的冲动。

不过他反正都已经来到了这里，不妨就尝试一下。

"我的名字叫杰森·科文德，"男孩对着镜子里的自己说道，"我来到这里是为了寻找答案，我的第一个问题是：谁才是时光之门的建造者？"

杰森盯着镜子里的自己：同样的眼睛，凌乱的头发，头上还冒着热气，过了好一会儿，并没有发生什么奇怪的事情。

反倒是房间里变得更热更潮湿了，像是变成了一个桑拿房一样。

杰森闭上了双眼，然后再次睁开。

"我叫……"正当他准备再次重复问题的时候，却突然停了下来。

缓缓地，从天花板上开始飘落下了一个个字，如同是雨滴一般，先是轻轻的，然后变得越来越重，最后落到他的身上，有亮的字，有暗的字，有热的字，有冷的字。

这些字有着不同的形状和发音，但是杰森这时既能够看到它们，又能够听到它们，就好像这些字在男孩的身边现出了形状。

上方继续掉落着一个个字，从男孩的背后滑落，然后绕着男孩旋转起来，字与字之间时而连到一起，时而又分离开来，组成了一些句子。

杰森闭上了眼睛，他感到自己好像能够移动那些围绕在身边的文字，他能够选择需要的字，并且组成自己想要的句子。

组成自己想要知道的答案。

"时光之门的建造者是一个非常古老的种族……"杰森的嘴唇默念着，"随着时间的流逝，这个种族的人口越来越少……直到最后消亡了……"

哦，对了！很简单！这个就是他想要知道的答案！是他自己用手拼出来的！可是是谁在自己的脑海里念出这些句子的呢？什么时候念的呢？为什么会有这种事情发生？

杰森想象着这里的某一个地方有着几百个像这里一样的房间，在那些房间里住着一些贤者，专门来回答像他这样的问题，然后通过神谕所的某一个传话的结构来告诉他。总之这里就是一个非常庞大的知识宝库。

这样看来马洛里所说的都是真的。

而且鲍文医生可能对此还不知情。

不过如果真是这样的话，那么他一旦离开了这里就会忘记所有的事情，问题和答案，因为他已经不再需要这些东西了。

他想到了内斯特，老园丁现在已经不再提问了，然后又想到了伦纳德，他总是一副迫不及待想要知道事实真相的样子。难道说智慧是一个人留给自己而不能和别人分享的？那真相呢？需要保守秘密还是将其分享？杰森不确定是否能够在这里得到这些问题的答案。

不管怎么说，男孩很清楚接下来应该怎么做，因为毕竟直到最后一刻，他都还担心自己的整个计划到头来只不过是一个小男孩的胡闹而已，不过他成功了。

那些贤者也许并不像自己所想象的那么无所不知。又或者仅仅是因为杰森比他们更加狡猾而已。

杰森·科文德——茱莉娅·科文德的哥哥、瑞克·班纳的好友，来自基穆尔科夫，此时取出了莫里斯·莫洛的笔记本并将其放在自己的膝盖上，然后伸出三根手指，放在三个不同的黑框上，希望能够有人在此时此刻也打开他手上的那本笔记本。

"伙伴们，接下来就靠你们了……"男孩自言自语道，"然后你们再把听到的内容告诉我。"

在比利牛斯山脉里，隐藏着一个虚幻之地，这里没有疾病，人们管它叫阿尔卡迪亚。而这里的最后一位居民此时打开了莫里斯·莫洛的笔

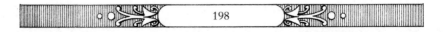

记本。

她感到很累，也很孤独。

她看到在一个黑框里出现了一个新的画像——一个长着娃娃脸的贤者。

她将手放了上去，然后用心倾听。

"时光之门的建造者……"那位贤者说道，"属于一个已经消亡了的民族，他们曾经生活于时间之初，在那时'时间'还只是一个哲学上的概念，而并没有其物理的属性，这个种族来自大海，而且，更重要的是，他们被称为'历史的转述者'。在那个时期存在着许多虚幻的种族，和现实的种族共同居住在这个世界上，其中有些种族被称为'神灵'，还有些被称为'童话族'。这些虚幻的种族中有一部分存活下来，另一部分则消亡了，存活下来的那个种族就会被人们记住，而消亡种族的名字就此被掩埋在了记忆迷宫的最底层。这个记忆迷宫存在于每一个人的内心深处。时光之门的建造者们对于这个迷宫非常了解，所以他们在迷宫里建造并连通了不同的时光之门，时光之门的目的地只能是我们记得的地方，或是别人帮我们记住的地方，时光之门的目的地只能在我们的想象范围之内，或者是别人为我们想象到的地方。"

接下来是长时间的沉寂，但是最后之人连大气都不敢喘一下，她仔细聆听着这种沉默，如同是在参加某个宗教仪式一样。

"现在还有时光之门的制造者吗？"手指接触到的笔记本的另一头再次传来了年轻贤者的声音。

然后他自己回答道："没有了，最后的一些族人在多年之前就死去了。"

"难道就没有人知道他们的秘密了？"

"这些建造者们并没有继承人，也没有留下仪器或是文献，只有一些只言片语的传说，而这些传说中其实就包含了时光之门的秘密。依据传说，他们建造时光之门一共用了三种材料：第一种材料是一种树根生长在风中的树木；第二种是一种非常罕见的金属，名字叫'联合合金'，我们的回忆也是通过这种金属构成的，这种金属在幻影迷宫边缘的一种水晶里能够找到，或者在人的大脑里也存在着，只不过每一个人的体内只含有不到百万分之一克的'联合合金'；然后第三种材料被称为介质，时光之门能够让人从第一扇门里进去，并且从第二扇门里出来全部都得归功于介质的帮助，建造者们通过这种介质来将门与门之间进行关联。"

"你们刚才说的用来铸造钥匙的金属在哪里可以找到？还有那种木材？"男孩问道。

然后他自己回答说："那种木头比金属更加稀少，风中之树在全世界一共只有三棵，其中的两棵生长于凡人所不能到达的地方，并且有很厉害的守卫看守着，而第三棵则生长在一个被称为阿尔戈山庄的花园里，这种树被人们称为梧桐树。"

墨提斯号边，萤火虫在四周围绕着，剪刀兄弟、茱莉娅、瑞克和托马索都坐着听玛拉留斯·沃尼克说的话。

早些时候，当萤火虫开始绕着山洞里转圈的时候，燃烧者头目坐在码头上，似乎在准备鼓足勇气登上船只，前往某一个虚幻旅行地，正在这时，莫里斯·莫洛的笔记本从他的口袋里掉落出来，正好打开到其中的某一页，上面画着一个他从未见过的年轻贤者的形象，头目不假思索地将手放了上去，对面的声音直接从笔记本里传了过来。

"为什么时光之门在基穆尔科夫？"年轻的贤者问道。

"因为当虚幻之地的议会决定清理掉所有时光之门的时候，并非所有的建造者都认同这一决定。为了拯救时光之门，一部分建造者就搭乘了非常简陋的黑色小船，漂洋过海，另一些人则将时光之门隐藏到了地底深渊里，就这样，其中的八扇时光之门被安置在了基穆尔科夫，在经过许多年之后，人们开始渐渐遗忘这件事情。但是人类的好奇心永远都是一把双刃剑，其中有些人重新找到了时光之门，并且打开门，关上门，又再次打开了门。"

"为什么要关闭时光之门？它们会带来危险吗？"

"时光之门本身只是一条通道。但是对于穿越时光之门的人来说这会带来危险。最初它被用来缩短两地之间的距离并增加人们之间的交流，但是有些人并不喜欢时光之门，因此随着时间的流逝，一部分时光之门被摧毁了，而且，有些通往虚幻旅行地的世间道路早已经被遗忘了，所以这些旅行地的居民们就被完全孤立了，并最终不得不放弃他们的家园。"

"基穆尔科夫是一个虚拟之地吗？"年轻的贤者问道。

然后他自己回答说："现在还不能算，即便有些人希望将它变得如此。如果有一天，当一个普通人已经无法找到这个地方的时候，那么，正如之前发生过的那样，它就会变成一个虚幻旅行地，所有现实的东西都将变成虚幻的，而如果有一天，当这个地方被完全遗忘了，那么它就再也不存在了，包括这里的时光之门。"

"所以这也就是为什么，"年轻的贤者继续问道，"基穆尔科夫的秘密越多人知道越好？"

答案是："如果想要保留这些时光之门而不让它们永远消失的话，这是唯一的方法。"

　　小镇的诊所里，安妮塔跑向自己的父亲，想要告诉他阿尔戈山庄失火的消息，却见到父亲坐在自己的病床上，手里拿着莫里斯·莫洛的笔记本。

　　"我听见他在说话。"父亲微笑着说。

　　"他说了些什么？"安妮塔坐到了他的身边问道。

　　"我想知道那个'伟大的夏天'的伙伴们是否有人来过这里……"杰森问道。

　　"只有一个人来过，而且提了一些问题，不过在他离开的时候把这些事情全部忘记了。"

　　"是珀涅罗珀·摩尔吗？"男孩问。

　　接着他自己回答道："不是。"

　　"我还有几个问题，"杰森的声音通过笔记本传了过来，"珀涅罗珀·摩尔还活着吗？"

　　答案很简单："是的。"

　　"那为什么她一直都没有回家？"

　　"因为她迷路了。"

　　"基穆尔科夫隐藏的最大秘密是什么？"杰森坚定地问道。

　　"建造者们的秘密其实很简单，就是'记住'。但这将是一场从一开始就注定失败的战争，时间是他们最大的敌人，重要的是他们想要选择带走什么以及放弃什么，留下什么以及抹杀什么。这对于我们所有人来说都是一样的。至于该怎样选择保留记忆的东西则没有一个固定的法则，诗人们会选择记住美，记住爱，记住感性以及记住伤痛，而画家则会选择记住色彩和夜晚，音乐家会记住音符，以及我们人类的最强音——心跳声。也许这才是最大的秘密所在吧：记住自己的初心，以及记住能够让自己心跳加速的人和物。"

在听到了这些话之后，布鲁姆先生合上了笔记本，紧紧抱住了自己的女儿。

第三十二章

译者

电话铃声突然响了起来。

尤利西斯·摩尔日记本的译者站起身来，迅速过去接起了电话。"很好，"他说道，"我很高兴。"说完他挂断了电话，然后回到了客厅。"我有一个好消息要告诉您……"他对布鲁姆女士说道。和女士一同坐在沙发上的还有睡不醒的弗莱德。

他示意女士先让自己说完，然后再发问，布鲁姆女士点了点头。

"似乎事情有所转机了，虽然我们还没有解决所有的问题，但是情况已经有所好转。特别是，我们找到了那个持有主钥匙的人。"译者说着，摇了摇头，"真是太让人感到意外了，我在读日记的时候压根儿就没有想到这一点。"他看了一眼沙发上的两人，女士一脸疑惑，而弗莱

德则手里拿着一杯冰镇的饮料，"你能相信吗？主钥匙在鲍文医生的手里。"

"我就知道！"睡不醒的弗莱德惊呼道，"我一直都觉得很奇怪：以一个医生来说，他总是行为很古怪！"

"我想他已经不再是一个问题了，弗莱德。"译者微笑着说，"至于刚才我和您之间的谈话，女士……我想用几分钟时间来总结一下，大约在几年之前，我收到了一个装有尤利西斯·摩尔日记本的行李箱，我发现日记里缺少了最有意思的部分：故事的结局，也就是到底是谁持有着主钥匙。所以在整理这份日记的时候其实我是非常痛苦的，但是我其实也无能为力。问题在于，如果没有结局的话，这些日记根本就无法被整理出版，因为一个故事的结尾其实是整个故事最重要的部分，而这个故事很大的一部分都是围绕着主钥匙发生的，但是却没有人知道它到底在哪里。于是我想到了一个办法：杜撰了一个虚假的主钥匙持有人，来抛砖引玉，希望能够借此找到真正的持有人。于是那本书就这样出版了，想必鲍文医生一定读过尤利西斯·摩尔的书，并对于其中关于他年轻时代的描写以及最后弗莱德拿着主钥匙来到威尼斯感到十分意外，这样一来，他就放松了警惕，并最终露出了马脚。"

"您的意思是说……"布鲁姆女士尝试着复述道，"我的女儿卷入了某一个巨大的……阴谋之中去了？"

"差不多是这个意思吧，"译者笑着说道，"而且是一个策划得非常完美的阴谋！这个人一定对于这位老园丁非常了解，知道他的人生，知道他生活的小镇，知道他的旅行，可能也知道究竟是谁背叛了他，因为整件事情的流向，完全是按照这个设计好的剧情在走。"

"也就是说……"女士吸了口气道，"这个故事还没有结束？"

"要看是从哪个角度去看待了。对于您来说，我觉得应该已经离结

束不远了……"

译者看了一眼墙上的钟，正在这时，电话铃声再一次响了起来。"请稍等一下。"

译者过去接了电话，没过多久，他便微笑着回到了客厅里。"好像他们已经修好了电话线路，康沃尔那边的，电话是找您的，布鲁姆女士，是您的女儿和先生打来的。"

第三十三章
结局

看来小弗林特并没有完美做好他的工作。他点着了内斯特的小木屋，不过要烧掉整个阿尔戈山庄显然比他想象的要更困难。空无一人的山庄显得比平时更加可怕，所以小弗林特根本就不敢靠近，而只是将残留的少许汽油浇在了门廊外面，而祸不单行，这时天空突然刮起了大风，同时一阵大雨倾盆而下，将小男孩仅有的些许勇气给浇没了，最后，出于害怕以及罪恶感，男孩匆匆逃离了山庄。

也多亏了这场大雨，大火所造成的损失总体上来说比预计的要小得多：除了内斯特的小木屋之外，山庄的主楼几乎毫发无损。

科文德夫妇对于发生的一切显得有些无可奈何，科文德太太虽然很

高兴自己的丈夫没有在大水中受伤，并且一直在帮忙救护伤患，但是从那一天开始，她就不断提起自己原来在伦敦的生活回忆，并且一有机会就不停重复这个话题。

就在阿尔戈山庄仍然冒着黑烟时，六个人影穿着奇怪的印第安装束从时光之门里跑了出来，他们乘坐着墨提斯号走访了已经失落的黄金国，而就在短短的几分钟里，他们在那里各自为自己弄了一套当地的行头。

他们正是瑞克、茱莉娅、托马索、剪刀兄弟和玛拉留斯·沃尼克，同样，也正是他们率先扑灭了小木屋的明火。在镇上的居民驾驶着汽车沿着海边公路赶来时，他们便消失不见了：因为他们不想过多解释这其中的原委（特别是几位燃烧者俱乐部的成员），所以就匆匆离开了。

一行人通过院子墙边的一条小路来到了沿海公路，然后走向摩尔墓地，并在经过那里之后到达了乌龟公园的中心地带。

天空中的雨淅淅沥沥下个不停，一行人最后来到了一小块荒地之上，在这里他们见到了另外三人：布鲁姆先生、他的女儿安妮塔，以及虽然刚刚醒来，但是无论如何都想要一起过来的布莱克·沃卡诺。也正是靠着布莱克的指引，他们才能够找到公园里如此偏僻的一个角落。

众人之间相互做了简短的自我介绍，尽管话语不多，不过从之前对于事件的了解情况来说也能够猜个八九不离十。

接着，九个人就这样围坐在湿漉漉的草地上，等待着什么事情的发生。

不知过了多久，雨停了，云散了，太阳重新在地平线附近探出了头，

这里仍然没有任何情况发生，九个人开始有些坐不住了。

"还需要等很久吗？"其中的一个人问道。

"我们确定他是去了阿加缇吗？"另一个人问道。

"谁知道呢？当他说完那些话之后，他好像连自己的名字都不知道了呢！"第三个人回答说。

最后，当天空中的云朵从金色渐渐变成紫色的时候，隐藏在遗迹里的那扇门打开了，一阵冷风伴随着雪花从里面飘了出来，然后出现了一个身穿毛皮大衣的男孩，有些疑惑地看了看四周。

"嘿！"在犹豫了一会儿之后，杰森开口道，"你们怎么都在这里？"

男孩的妹妹第一个跑向他："杰森！你怎么样？感觉如何？"

"很好啊，你呢，妹妹？"

"他们把你怎么样了？"

"你说的是谁？"杰森看上去十分吃惊，"我在那里没有见到任何人，我到了一座雪山的山谷下，然后试着呼唤看看能不能有人听到，但是……什么都没有发生。我想我可能是白跑了一趟：什么收获都没有。而且，事实上，我连阿加缇在哪里都不知道，但是，要我说……这又怎样呢？"

他拥抱了一下自己的妹妹然后继续说道："现在该你们告诉我为什么你们所有人都在这里呢？发生什么事情了吗？"

这时，其他人也都走上前来同男孩打招呼。

杰森很高兴能看到布莱克和安妮塔的爸爸都安然无恙，他问了一下内斯特和自己父母的情况，并且最后认识了一下汤米。

剪刀兄弟，沃尼克和布鲁姆先生站在一边并没有过去。

"我们认识吗？"布鲁姆先生问两位燃烧者。

"我们没有直接见过面，"卷毛回答说，"我们就是之前开车跟踪您

的人。"

"啊，很高兴认识你们。"

"我们也很荣幸。"黄毛回答说。

同时，瑞克也上前紧紧拥抱了一下杰森，然后在男孩的耳边说道："我想我们有很多事情要告诉你。"

"真的？"

"当然，相信我。"

"没问题，伙计。"

布莱克打了一个大大的哈欠，然后用力拍了拍男孩的肩膀："干得漂亮，小伙子！你真是太聪明了，我想要是换作我的话可能永远都想不出这样的办法。"

"什么办法？"

布莱克并没有直接回答，而是让到了一边。

安妮塔走了过来。

杰森睁大双眼，看着眼前的这位威尼斯女孩：晚风的吹拂下她的头发轻轻飘动着，夕阳下，女孩的双眼发出琥珀色的光芒。

"哦，你好啊。"男孩的脸微微一红。

"下次再也不许这么干了，科文德。"女孩用责备的眼神看着他。

杰森有些紧张地笑了笑："我完全可以理解你很生气，我其实……"

安妮塔将右手的食指放在了杰森的鼻尖上，然后轻轻按了一下。"不要找借口。"女孩笑着说。

布鲁姆先生站在孩子们的身后，显得十分高兴，虽然他听不见孩子们在说些什么，不过他看到自己的女儿抓住杰森的手并紧紧握住不松开。

在他的身边，沃尼克淡淡地说了一句："我心飞翔……"

捕鱼者的雕像已经摔坏了，也许是有人检查山庄是否完好时将其碰坏的，雕像的整个头都从身体上掉下来了。

内斯特轻轻捡起了掉下的部分，然后将其放回原位。

就这个简单的动作累得他几乎喘不过气来。在门外，来来往往有许多人，小镇上的居民谈论着这漫长的一天，顺便也可以一睹阿尔戈山庄的模样，对于他们来说，能够在如此近的距离看到阿尔戈山庄可是一个难得的机会。

丝绒之手派出的拖车将鲍文医生的小汽车和那辆红色奥古斯塔125摩托车一并拉到了沿海公路边，人们对于这两个风格完全不同的交通工具是怎么会同时出现在这里的原因议论纷纷。

那医生后来怎么样了呢？

内斯特在小镇诊所里醒来之后从安妮塔那里得知了这一情况，不过对于他来说这件事似乎关系不大。

尽管由于鲍文医生的关系老园丁失去了很多，同时还被欺骗了，不过他真正关心的只有一件事情。

珀涅罗珀仍然活着。

她就在外面的某个地方，迷了路所以没有办法回来。

多亏了莫里斯·莫洛的笔记本，他才能够听到那位年轻的贤者所说的话。究竟是贤者的话，还是杰森胡说八道的梦话？没人能够确定。

对于老园丁来说，这并不矛盾：因为梦话和智慧之言往往很接近。

就在老者将捕鱼者雕像复位的时候，他注意到在雕像的底座下面压着一张字条，上面是一首诗，出自珀涅罗珀之手。

纵使时间能让生命枯萎，

纵使时间能让爱情消逝，

但是我的心，

却……

整首诗以省略号结尾。

"……却永不改变。"内斯特从内心的深处找到了这段文字，并将诗句补全。

这首诗是在哪里写的？是两人哪段旅行期间的事情？老者已经不记得了：距离两人上次共同作诗已经过去了太久太久……但是当他见到这张字条时，仍然勾起了自己痛苦的回忆。

他无数次地自问，自己的妻子此时此刻会在哪里。杰森没有直接问贤者，又或者答案被永远遗留在了莫里斯·莫洛的笔记本里。

不管珀涅罗珀现在身处何地，内斯特唯一可以确定的就是他绝不会就这样丢下妻子不管，坠崖而亡的谎言已经持续了太多年。

"对于你家的情况我感到很遗憾。"这时一个声音在老园丁的身后响了起来。

内斯特回过头来，是科文德太太。

老园丁费劲地站起身来，多年以前的腿部旧伤带给了他无尽的痛苦。

"不用担心，"老者回答说，"这里并不是我真正的家。"

"我们可以找人再建一座。"女士的声音有些颤抖，"就是你的物品恐怕就没有办法了。"

"哦，屋子里并没有什么特别重要的东西。"老园丁低声说道。事实上，这场大火烧掉了许多回忆以及珍贵的书籍，例如：《虚幻地手册》《不存在的书名目录》《难以置信物品大全》《失传语言大字典》以及《魔幻植物手册》……"不管怎么说……都是些普通的物品，没有了再买就是

了。"老者耸了耸肩说道。

"很高兴您能这样想，内斯特。"

"您不用担心，真的。"

这时科文德太太似乎听到有人叫她，便匆匆告辞离开了，或许，她也是为了回避这个话题。

老园丁就这样保持着双手举着捕鱼者脑袋的动作，尝试着将其放回到雕像的脖子上，想着应该怎样修理它。

最后，他嘴里骂骂咧咧地放弃了尝试，并将雕像的头放在了一边的桌子上。有必要一直去修复一件东西，并希望它能够恢复到最初的状态吗？

也许没有必要。

也许真的没有必要。

内斯特离开了门廊，来到了原本挂着自己先人的楼梯口，他外公的画像仍然躺在地上，老者跨过画像，走上了楼梯。

他打开了阁楼上的镜子门。

房间里的窗户，房间里的书桌，房间里的船模，还有那些旅行日记……老者很快将这些物品整理起来，然后找了一个背包放了进去。最后，老者用手轻轻抚摸了一下书桌，然后看了一眼窗外的海景。

基穆尔科夫的海湾看上去恢复了平静，海浪冲刷着沙滩，月亮在空中慢慢向上爬着。

内斯特回到了底楼，拿起了自己的那件船长外套和被茱莉娅藏起来的钥匙盒子，他穿上外套，从盒子里取出了四把钥匙，并将其余的钥匙全部放进了背包里。

老者走到了阿尔戈山庄的时光之门前，这扇门被固定在整幢房子最古老的一面墙上，黑色的表面让人猜测它可能经历过火光之灾，

同时上面一道道划痕似乎在告诉别人有人曾经试图将它从这个地方卸下过。

"蝾螈，"尤利西斯·摩尔将第一把钥匙插入了锁孔，"猫头鹰、大象和蜥蜴。"

老者停顿了一下，就好像在和一位老朋友道别一样。

然后就消失在了门后，不留下些许踪迹。

未完待续

石像之口

乌龟公园

while the a_____ ___ ___ _____ ___ _____ ___ ___ ___ ___ _____ __ ___
the aggregate ____ _____ present the
and his pay for faithful service to you

RECEIVED PAYMENT

CARRIER, ROUTE NO.

191

DATE

Phone your Want Ads to the _____ News
BOTH PHONES 3352